रोष

सौरभ चटर्जी

भवतु सब्ब मंगलम

क्रम

१

वो सो रही है !

अभी तक! ग्यारह बज रहे हैं! आज संडे है क्या? काका जानते थे आज रविवार नही था पर वे अपनी बातों मे व्यंग की मीठी कटुता घोल ही देते थे।

तो लड़का कौन है? क्या करता है? काकी ने खबरें कुरेदना शुरू किया।

आर्मी मे है । शायद कैप्टन या मेजर कुछ है। अखबार से बिना सिर उठाए आशीष बाबू बोले।

यहीं के हैं या कहीं और के?

अरे यहीं गोमती नगर मे रहते हैं। लड़का का अभी मेरठ मे पोस्टेड है। आशीष बाबू बेपरवाही से बोले।

तो उनको कहाँ से पता चला? काकी अपनी खीज छुपाते हुए बोली।

शर्मिष्ठा की शादी मे देखा था।

काकी ने गहरी आवाज़ मे पूछा, मानो कोई राज़ जानना चाहती हो, अच्छा, तो फिर....आपने क्या सोचा?

रिश्ता तो अच्छा है पर अभी-अभी तो दो लड़कियों की शादी की है। पैसे-साधन जुटाने मे समय लगता है। थोड़ा वक्त मिल जाता तो..... ख़ैर उन्होने तो ऐसे ही बातों-बातों मे पूछा था, अभी कुछ पक्का नही।

सुलोचना चाय-नाश्ता मेज पर रखते हुए बोली, देविका तो इतनी छोटी सी थी! कब इतनी बड़ी हो गयी पता ही नहीं चला। कविता कुछ लो न!

पर काकी को तो मानो सदमा लग गया था। आँखें स्तब्ध, शून्य मे खोई, मन मे कुंठा के अंगारे, चेहरे पर जलन की लाली। अचानक खड़ी हुई और बोली, ओह! याद आया... अजी चलिए! और दनदनाते हुए बैठक से बाहर निकल गयी।

सभी सकपकाए, काका हड़बड़ाए, उठे और काकी के पीछे-पीछे चल पड़े।

क्या किस्मत है! यहाँ ढूंढे सरकारी नौकरी वाला लड़का नही मिलता। अपनी जात-बिरादरी का तो सवाल ही नही, और इधर सरकारी अफसरों के रिश्ते आ रहे हैं! वो भी उस लद्धड़, आलसी के लिए, जिसे न कोई काम आता है और न ही बात करने का सलीका, और पढ़ने-लिखने मे तो माशाल्लाह!

काकी के कलेजे पर साँप लोट रहे थे। होना ही था- रिश्तेदार जो थे। स्पर्धा जो थी।

दिखने में तो सुंदर ही है, काका दबी आवाज मे बोले।

अरे हाँ! तुम लोग तो बस यही देखते रहो बाकी कोई और गुण हो या न हो।

तुममे भी तो यही देखा था।

हुँह ! यहाँ आराध्या को देखो, क्या गुण नही हैं, पर कोई रिशता... सब भाग्य है ।

देविका उठ जाओ, कब तक सोओगी, काकी आ के चली भी गयी। सुलोचना बिस्तर के किनारे कमर पर हाथ रख कर खड़ी देविका को देखती रही।

पता नही यह कब बड़ी हो गयी । दो बड़ी बहनो के बीच तो कहीं छुप ही गयी थी, और अब इसके रिश्ते भी आने लग गये। यह भी चली जाएगी? सुलोचना के मन मे मातृत्व का उद्गार फूटा तो वह पलंग के किनारे बैठ हौले-हौले देविका को डुलाने लगी।

उठ जाओ देविका! कब तक ऐसे ही चद्दर ओढ़ कर पड़ी रहोगी? तुम्हारे तो रिश्ते भी आने लगे। जल्द ही तुम्हारी शादी हो जाएगी। फिर पूरा घर संभालना पड़ेगा। कमर कस लो, ज़िम्मेदारियाँ आने वाली हैं।

ऊँ, क्या है! सोने दो न मम्मी! झुंझलाते हुए बिस्तर पर फैले शरीर ने करवट ली और और रज़ाई अपने मे समेट कर फिर गुम हो गयी।

कौन आया था?

आखिरकार देविका उठ बैठी। लाल पोलका डॉट वाले नाईट सूट मे बिखरे बालों और अधखुली आँखों से ऐसा लग रहा था मानो किसी छोटी बच्ची को आधी नींद से जगाया हो। लेकिन उसके छरहरे बदन पर खिलता गौर वर्ण उसके यौवन का प्रमाण दे रहे थे।देवी जैसी शक्ल होने के कारण ही उसका नाम देविका रखा था। हाँलाकि सुलोचना मानती थी कि वो उसके जैसी दिखती है। औसत से लम्बा कद, अंडाकार चेहरे पर ऊँची नाक, बड़ी-बड़ी पलकों के पीछे बड़ी काली आँखें, आकारमय होंठ, लंबे बाल

और अंत मे नाक की बायीं ओर एक छोटा सा काला तिल। अब तो सभी मानते थे कि तीनों बहनों मे वह सबसे सुंदर थी। पर पहले, जब काका अलग नही हुए थे, ऐसा न था। बड़े परिवार मे सबसे छोटी होने के कारण पहले उसपर किसी ने इतना ध्यान ही नही दिया। तीन लड़कियों मे वह सबसे छोटी थी। इस स्त्री प्रधान घर मे स्त्रीयों की भीड़ मे से एक। मामूली। तो उसपर किसी की नज़र ही नही पड़ी। कोई बड़े नाज़ों से नही पली। सब बड़े हुए ते वह भी बड़ी हो गयी। जैसे घर के पीछे, बड़े पेड़ों के छुपाव मे एक नन्हा सा पौधा धीरे-धीरे, अकेले, अनजाने बढ़ता रहता है। लोगों का ध्यान तब जाता है जब उसके चमकीले पीले फूल पूरे बाग को जागृत कर देते है । उसी प्रकार जब दोनो बड़ी बहनों की शादी हो गयी, सबका ध्यान देविका की ओर गया तो पाया कि यह तो तीनों बहनों मे सबसे सुंदर निकली। लेकिन देविका खुद को अभी बच्ची ही समझती थी। उसके यौवन मे कामुकता न थी। वह तो अभी भी जाते बचपन के अल्हड़पन मे बेपरवाह फिर रही थी।

मुझे नही करनी शादी-वादी। कहकर वह फिर लेटने को हुई।

अरे! रे! रे! और नही सोना, नो! इतनी बड़ी हो गयी पड़ी-पड़ी सोती रहती है। थोड़ा मेहनत करती तो बी.ए. मे और अच्छे नंबर आ जाते। अभी जा जल्दी से फ्रेश हो जा और नाश्ता कर। तेरी कम्पयूटर की क्लास नही है आज?

कल है। टीवी का रिमोट कहाँ है? मेरी पिक्चर आनी है अभी। देविका बिस्तर से निकलते हुए बोली।

बस यही करो। जब ज़िम्मेदारीयाँ आएँगी तब पता चलेगा। थोड़ा बड़ी हो जाओ देविका। माँ कोसने लगी।

अरे और कितना बड़े हों जायें? छत से टकरा जायें क्या? आज तक हमारी वजह से क्या तंगी हुई आपको? जब ज़िम्मेदारियाँ आएँगी तब निभायेंगे ।

काका-काकी चले गए? कोई खबर देनी होगी या लेनी होगी... हुंह। देविका ने अपनी चाय उठायी और लेकर गार्डन मे आकर दादी के पास बैठ गयी।

अखबार के पीछे से देविका की गरम चाय की तरफ देख आशीष बाबू ने पुकारा, सुनो मम्मी! एक

चाय मुझे भी मिलेगी क्या?

सुनो मै तुम्हारी मम्मी नही पत्नी हूँ। जब से रिटायर हुए हो इस कुर्सी पर बैठे हो। जितती चाय तुम्हे पिलाई उतनी दुकान पर बेच देती तो करोड़पति बन गई होती। तुम्हारी इस लड़की की तरफ ध्यान दो। सोचा है इसका क्या होगा? बिलकुल आलसी, लापरवाह, पढ़ाई मे नीचे से गोल्ड मेडलिस्ट। बस खाना खाओ, टी वी देखो, चाय पियो, चौदह घंटे सोओ । किसी शहंशाह की औलाद की तरै। अब तो इसके रिश्ते भी आने लग गए। और ये, है भी शादी लायक?

अरे बाबा! चिंता मत करो, दादी है ना।

अरे ओ! मै तेरी दादी नही, माँ हूँ। इतनी बुढ्ढी भी नही। तेरा बस चले तो मुझे हड़प्पा-मोहन जोदड़ो भेज दे।

अच्छा ठीक है, माँ, बस ?

अरे बुढ्ऊ तीन बच्चे पैदा कर के रिटायर हो गए और अभी भी माँ! माँ! चिंघाड़ रहे हो। मैं ही क्या तुम सब को

बड़ा करती रहूँगी। और तुम बस इस बगीचे मे बैठकर चाय पीते रहोगे।

और पैसे तो आसमान से टपक रहे हैं। आशीष बाबू ने चुटकी ली।

दोनो महिलाएं हकबका गईं।

आशीष बाबू अपने पैसे का रोब और अहंकार नही झाड़ना चाहते थे। अपनी माँ, पत्नी और बच्चियों के

उनके मन मे बहुत सद्भाव था। सुलोचना घबराओ मत, दो बच्चियों की अभी-अभी शादी की है। समय आने पर इसकी भी हो जाएगी।

वो छोड़, तुझे जो बिजली का बिल जमा करने को कहा था.....? दादी ने एक उँगली और गोल आँखें आशीष बाबू पर तान दी।

अरे कर दिया भाई, ऑन लाईन ।

ऑन लाईन का बच्चा, अपनी अफसर गिरी मुझे मत दिखा। दिन भर बैठा मत रह जा जाकर सब्ज़ी ले आ।

क्या माँ पूरी ज़िंदगी इधर से उधर तबादलों मे तलवे घिस गए, अरे तलवे क्या मै खुद घिस गया। अब तुम मुझे घिस रही हो। अब तो एक जगह बैठने दो!

हाँ तो उसी सरकारी अफसरी का कमाल है जो इस ऐशोआराम मे गार्डन मे धूप सेंक रहा है।

ये नोक-झोंक मुखर्जी परिवार के लिए रोज़मर्रा की बात थी। दादी रोज़ वहीं अखबार पढ़ती थी, आशीष रोज़ सुबह वहीं आकर बैठता था, देविका रोज़ आकर वहीं दादी के पास बैठकर चाय पीती थी और वहीं पर परिवार का हंसी-ठठ्ठा चलता था। पता नही कितने सालों से यह माहौल

कभी बदला नही। कभी ऐसे हालात ही नही पैदा हुए। कभी कोई ऐसी उथल-पुथल हुई ही नही। शर्मिष्ठा और कादम्बिनी की शादी से पहले भी यहाँ पर ऐसी ही खुशहाली बनी रहती थी। इतना बड़ा परिवार होने के बावजूद घर मे कभी कोई कोलाहल या कौतुहल नही रहा। सेवानिवृत्ति से पहले आशीष बाबू सरकारी नौकरी के तबादलों के कारण ज्यादातर घर से बाहर ही रहे। ऐसे मे घर पर उनकी माँ, यानी की दादी, यानी की दुर्गा देवी मुखर्जी का वर्चस्व रहा। दुर्गा देवी के प्रभावशाली किन्तु स्नेहमयी व्यक्तित्व की छाया तले सभी पले और बढ़े। आशीष बाबू भी अपनी माँ के मातृभक्त पुत्र थे और सुलोचना की तरह स्वभाव से शांत थे। दादी का आस पड़ोस मे भी काफी सम्मान था। इस निरापद आश्रम मे भी सुख शांती से रहते थे।

२

सर्दी के धुंधले अंधेरे सवेरे से एक फौजी जीप उभरी और रोड बैरियर पर आकर रुकी। बैरियर पर खड़े संत्री ने अपनी पोस्ट से बाहर निकलकर गाड़ी के अंदर टॉर्च मारा और बोला, जय हिन्द साहब! और बैरियर उठा दिया। गाड़ी बटालियन के अंदर दाखिल हो गई।

हेडलाईट की रोशनी दिखते ही बटालियन हवलदार मेजर ने सीटी बजाई । मैदान मे खड़ी सैनिकों के दस्ते की उथल पुथल धीरे-धीरे शांत हो गई। जीप अपने निर्धारित स्थान पर आकर रुकी।

सुबेदार एडजूटेंट ने आदेश दिया, बटालियन सावधान! सामने देख हिल मत। सुबेदार एडजूटेंट पीछे मुड़ा, आगे बढ़ा और थमकर एक चटक सैल्यूट किया। जय हिन्द श्रीमान!!   दस जे.सी.ओ एक सौ सरसठ अन्य रैंक बी.पी.ई.टी परेड पर, हाज़िर हैं!

ठीक!   चौकोर चेहरा, गेहुँआ रंग, माथे पर हमेशा हल्की सी सिकुड़ी रहने वाली भौंहैं, उनके नीचे भावविहीन गहरी आँखे और होंठ जो कभी हंसे न हो। एडजूटेंट, मेजर सिद्धार्थ चटर्जी, के व्यक्तित्व की कठोरता उसकी आवाज़ की सख्ती मे प्रतिबिंबित थी।

अभी पाँच मिनट मे ठीक से सूरज निकल आएगा फिर दौड़ शुरू कराइएगा, नही तो अंधेरे मे किसी को ठोकर या चोट लग जाएगी। बाकी सभी तैयारी है ?

हाँ साहब, सब रेडी है।

ठीक है लाइन अप कराइए

मेरा पिठ्ठू और पिस्टल कहाँ है?

दस्तों मे खड़े सिपाही आपस मे फुसफुसा रहे थे।

एक सिख सिपाही बोला, मेजर साब इस सर्दी मे खुद भी भागेगा हमें भी भगाएगा।

आज तो रूट पाँच किलोमीटर से थोड़ा लंबा ही होगा सर! एक और बोला।

साब कोई कमी न रखेगा भाई, भूल जा । दूसरा सिपाही बोला ।

ये साब न खुद आराम करता है न और किसी को आराम करने देता है।

किसी को कोई चोट, कोई प्रॉब्लम, तो अभी बता सकते हैं। ऐसा जवान कल भागेगा। एडजूटेंट ने ऐलान किया।

प्रॉब्लम तो साब तुस्सी ही हो, एक जवान बुदबुदाया । एक दबी हुई हँसी गूँजी कि तभी एक लंबी सीटी बजी।

पीछे से कोई बोला, रेडी गो। और सभी दौड़ पड़े।

जल्दी,जल्दी, गुड! जोर लगाओ! बस पहुँच गए! सिद्धार्थ पहले ही गंतव्य पर पहुँच चुका था और अब अपने पीछे आने वाले सैनिकों को प्रोत्साहित कर रहा था।

थोड़ी देर बाद मैदान के बीच मे खड़े बटालियन हवलदार मेजर ने एक लंबी सीटी बजाई और सभी सावधान हो गए।

जय हिन्द श्रीमान!! परेड को ब्रेक करने की अनुमति चाहता हूँ श्रीमान, सुबेदार एडजूटेंट बोले।

ठीक है, ब्रेक करें साहब। सभी सैनिक अपने-अपने बैरक की तरफ बढ़ चले।

मोटरसाईकिल स्टेंड पर एक अफसर खड़ी सिगरेट पी रहा था। सिद्दार्थ ने हाथ उठाकर अभिवादन किया, हेलो अमित!

हेलो सर!

हाउ वॉस दि रन ब्रदर?

बस सर पूछो मत! आज की तो पूरी नौकरी रन ही रन है। सर सिगरेट?

उसी मे से एक कश ले लेता हूँ बस । सिद्दार्थ ने अमित की सिगरेट लेकर एक कश लगाई।

अमित बोला, साढ़े आठ बजे सी.ओ की कॉनन्फ्रेंस, उसके बाद मेरी प्रेज़ेन्टेशन, फिर स्टॉकटेकिंग, फिर शाम को गेम्स। रात को ही फाईलें निपटानी पड़ेंगी। लेकिन सर मैं आप को क्यों बता रहा हूँ? आप तो मुझसे भी ज्यादा बिजी होंगे। लेकिन आपको तो फ़र्क़ भी नही पड़ता।

सिद्धार्थ के चेहरे पर एक मजबूर सी मुस्कुराहट खिंच गयी। उसने अमित को सिगरेट वापिस की, चलें? इससे पहले लेट हो जाए। साथ ही सिद्धार्थ ने अपनी मोटरसाइकिल स्टार्ट की।

ओस से छिटकती किरणों की दिव्यता मे चमकती पृथ्वी, भीनी महकती हवा मे लहलहाते पेड़, मुक्त स्वर मे खिलखिलाते पत्ते, दूर आकाश मे खुले पंखों से मनचाहे चित्र खींचता एक पंछी, और स्वच्छंदता को तरसते एक मन से उठता एक तृषित आलाप।

आपको तो फ़र्क़ भी नही पड़ता! इतना आसान है!

वर्तमान के स्वप्न से भविष्य के कौतुहल ने सिद्दार्थ को झकझोर कर जगा दिया।

माखन! राघव! कौन है यहाँ। जल्दी ब्रेकफास्ट लगा दो देर हो रही है। सिद्धार्थ ने अफसर मेस मे घुसते ही आवाज़ दी।

साब मेनू?

अरे कुछ भी ले आओ यार! ज्यादा गरम नही होना चाहिए बस, खाने मे टाइम लगता है। जल्दी!

तभी सिद्धार्थ का मोबाईल पर कॉल आई, अच्छा. सी.ओ साहब निकलने वाले हैं, ठीक है मै ऑफिस पहुँचता हूँ बस। माखन! कुछ भी ले आओ, बस तुरंत।

वेटर भागते-भागते नाश्ता लाया।

यार तुमलोग सब के लिए एक जैसा नाश्ता बना कर क्यों नही रखते? आने पर मेनू पूछते हो फिर बनाते हो। टाइम लग जाता है। सुबह ऑफिस जाते समय लेट हो जाता है। सिद्धार्थ हड़बड़ाते हुए खाने लगा।

साब दूसरे साब दूसरा खाना माँगता है। यहाँ तो हर एक का रूटीन अलग है, हर दिन का रूटीन अलग है।

क्यों? लंच मे तो सब एक ही खाना खाते हैं।

साब चाय या काफी ?

टाइम नही है दोस्त! पानी, बस।

सी.ओ साहब आ गये क्या? तेज कदमों से सिद्दार्थ ऑफिस के तरफ आते हुए बोला।

नही साब, घर से निकल गए हैं, अभी पहुँचे नही। बाहर खड़े रनर ने जवाब दिया।

शुक्र है! सिद्धार्थ हड़बड़ाते हुए अपने ऑफिस मे घुसा। तभी क्वाटर गार्ड का घंटा बजा। साढ़े आठ बज गए। ऑफिस का समय शुरू हो गया।

शीशम का एक बड़ा, गाढ़े भूरे रंग का ऑफिस टेबल उस मध्यम आकार के कमरे के बीचो-बीच रोब जमाये बैठा था। टेबल के पीछे लकड़ी की बुनी हुई कुर्सी लगी थी और किनारे तीन खानो वाली फाईल ट्रे पर फाइलों का अम्बार लगा हुआ था। साथ तीन फोन रखे थे। एक सिविल टेलिफोन, एक आर्मी लाइन और एक इंटर कॉम यानी बटालियन के अंदर बात करने के लिए। पीछे दीवार पर उसी गाढ़े भूरे रंग में बड़े-बड़े शीशम के संगतराश तीन बोर्ड लगे थे। अंग्रेज़ों के ज़माने से लेकर अब तक इस कुर्सी पर जिन-जिन को बैठने का सौभाग्य प्राप्त हुआ, उनके नाम दर्ज़ थे। दोनों किनारे की दीवारों पर दो पुरानी लकड़ी की अलमारियाँ सटी थीं। इन्ही के बीच कहीं चार्ट, कहीं कैलेंडर और कही सैन्य ट्राफियाँ लगी हुई थीं। पूरी व्यवस्था में एक पुरातन, पारंपरिक और दारूण भाव था। ये बटालियन के दंडपाल यानी के एडजूटेंट का दफ्तर था। बटालियन के

प्रशासन और अनुशासन का केंद्र और किसी भी सैनिक यूनिट का सबसे व्यस्त दफ्तर।

साब फॉरवर्ड से आपका कॉल आ रहा है। एक सैनिक क्लर्क एडजूटेंट के फोन पकड़े खड़ा था।

ऑफिस के बाहर चबूतरे के नीचे कुछ सैनिक एक लाईन में खड़े थे।

साब गार्ड आपकी ब्रीफिंग के लिए खड़ी है।

हाँ ठीक है, अभी फोन पर बात कर रहा हूँ। तभी दूसरा फोन भी बज उठता है। सिद्धार्थ दोनो फोन संभालने लगा तभी बाहर से एक सैनिक आकर बोला, साब सी.ओ साब आ गये, आपको बुला रहे हैं।

तभी बटालियन हवलदार मेजर अंदर आया, साहब ये बंदा हथियार ले कर जा रहा है, ज़रा ये परमिशन साइन कर देना।

रिपेयर के लिए जा रहा है? सब चेक कर लिया? तभी तीसरे फोन की घंटी बज उठी। सी.ओ का कॉल था।

यस सर, कमिंग ।

जय हिंद साहब !

कॉंपते हुए पैरों से वह सिपाही एडजूटेंट के दफ्तर मे दाखिल हुआ। उसकी बायीं कलम से पसीने की बूंद टपक रही थी। कागज़ों मे मसरूफ सिद्दार्थ ने बिना सिर उठाए उसने पूछा, कल तुम गैराज मे गार्ड तैनात थे?

जी साहब!

रात के एक बजे तुम कहाँ थे । सिद्धार्थ ने सिर उठाने की ज़हमत न की।

साब मै वहीं था।

पर कल रात जब मैने चेक दो बजे किया तो तुम वहाँ मौजूद नही थे।

साहब मै...

बहाने मत बनाओ गिरधारी! भावहीन चेहरे से झाँकती कठोर आँखों ने गिरधारी की रूह को भेद दिया। बदन मे एक सिरहन सी दौड़ गयी।

कल तुम अपनी ड्यूटी की जगह मौजूद नही थे। बिना गार्ड कमाँडर को बताए। और जब वह तुम्हे ढूढ़ने गया तो तुम कहीं नही मिले।

साहब वो... थोड़ी आंख लग गई थी। सॉरी साहब। कल देर रात छुट्टी से वापिस आया, थका था और आज ड्यूटी लग गई।

फौज मे नो सॉरी नो थैंक यू। अच्छे काम की शाबाशी और गलत काम की सजा तो मिलेगी ही। कल से तीन दिन क्वाटर गार्ड ड्यूटी। कम्पनी कमाँडर साहब को मेसेज पास हो जाएगा। सुबेदार एडजूटेंट मोर्च हिम आउट!

जाने से पहले सिद्दार्थ ने गिरधारी को देखा। उसके पसीने से भीगे चेहरे की हताशा से सिद्धार्थ को एक एहसास याद आ गया।

क्रोध के पसीने से थरथराता चेहरा, आँखो में नशे का पीला पन, आवाज मे तम्बाकू की खसखसाती आवाज़ में देवेंद्र चिल्लाया, तू अपने पति की इज्जत नही करती हैं? दाँतों के बीच होंठ दबा कह देवेंद्र ने अपनी पुरानी, अध-गली चप्पल उतारी और फेंक के मारी।

तखत पर दीवार से सटी एक औरत बैठी थी। सूखी डाल सी, मानो तपैदिक हो। हाथ आगे बढ़ चेहरे को ढकते, चप्पल से बचाते हुए। आँखे धँसी, डरी, बुझी। बाल उलझे, सिकुड़े, झुलसे।

गुस्से और डर के बीच पंद्रह साल का सिद्धार्थ दीवार के एक कोने मे सहमा खड़ा था। मुठ्ठी बांधे।

सारे पैसे खतम हो गए? इसिलिए तेरे को काम करने भेजता हूँ कि तू गुलछर्रे उड़ा सके ऐं? या तो पैसे निकाल नही तो मेरे घर से निकल, चल। और तू क्या देख रहा है। माँ को बचाएगा क्या? बाप को मारेगा? आगे बढ़कर उसने सिद्धार्थ के सिर पर झापड़ जड़ दिया। हरामी!

बीमार सरिता खाँसती डगमगती खड़ी हुई, अब और नही सह सकती! अब मै यहाँ और नही रह सकती! मैं जा रही हूँ, कहीं भी रहूँगी। मेरे बच्चे को कुछ मत कहना। कहते हुए सूटकेस मे फटे पुराने कपड़े डालने लगी।

सिद्धार्थ ने लड़खड़ाते हुए अपना बस्ता उठाया, जो हाथ आया, जो दिखा, डाला और दोनो खाँसते खाँसते उस सीलन भरी पुरानी चॉल से निकल पड़े।

आस-पड़ोस के लोग मजमा लगा कर देखते रहे। जैसे कोई तमाशा चल रहा हो। कुछ को अपने नीरस जीवन में हफ्ते दस दिन गप्पें लगाने का मसाला मिल गया। दूसरे का बड़ा दुख देख कुछ अपने छोटे दुख का शुक्र अदा करने लगे। जिनके मन मे हमदर्दी थी उनके दिल मे हिम्मत न थी। शादी त्योहार होता तो सब रस्मे निभाने पहुँच जाते। मुसीबत मे समाज ने इंसान को अकेला छोड़ दिया। किसी ने पानी भी नही पूछा। सिद्धार्थ पीछे मुड़ा। सब ऐसे देख

रहे थे जैसे मौत के जबड़े फँसी असहाय हिरन को पूरा झुंड बस खड़ा देखता रहता है। समाज और झुंड का फ़र्क़ साफ हो गया और सिद्धार्थ माँ के कदमों पर उस धूलित धूमिल रस्ते पर चल पड़ा।

दोपहर जल रही थी। उबलती लू मे धूल, पत्तों और कूड़े की छोटी-छोटी भँवरें बनती, उठती, भटकती फिर टूट कर बिखर जाती। थोड़ा दूर चलने के बाद सरिता खाँसते-खाँसते सड़क किनारे एक अकेले पेड़ के नीचे जाकर बैठ गयी। सिद्धार्थ खड़ा अपनी माँ को देखता रहा। फिर थोड़ा आगे जा कर बैठ गया। दोनो के वजूद आने-जाने वाली गाड़ियों की धूल मे मटियामेट होने लगे। पर जाएँ कहाँ। आवारा कुत्तों के साथ वे भी जलती दोपहर मे, प्यासे, धूल भरे, मुरझाए, सड़क के किनारे बैठे इंतजार करते रहे। पता नही किसका।

इसके बावजूद उस घुटन से निकलकर सिद्धार्थ और सरिता राहत महसूस कर रहे थे। अपने अहं के चलते शादी के एक साल के अंदर ही देवेंद्र नौकरी से निकाला गया। इतनी बार सरिता ने पैसे उधार लेकर देवेंद्र को दिये। बावजूद इसके देवेंद्र का कोई व्यापार-रोज़गार न बैठा। अहं टूटा तो चूर होकर अपमान मे बदला। अपमान क्रोध में। क्रोध घुटते-घुटते अवसाद बन गया। अवसाद ने नशे की बैसाखी पकड़ ली। अब बेरोज़गारी देवेंद्र की नियति नही स्वभाव बन गया। आदमी की कुंठाग्नि का शिकार उसका परिवार होता है। वही हुआ। अपने अपमान और असफलता का बदला उसने अपने परिवार से ही लेना शुरू कर दिया।

वे उसको उसकी हार की याद जो दिलाते थे। हिंसा दिन-ब-दिन बढ़ती चली गयी। अब तो सिद्धार्थ भी अक्सर उसके निशाने पर रहता था। सरिता यह हिंसा और अपमान और न सह सकती थी। धैर्य अब कायरता थी। वहाँ रुकना किसी उम्मीद से भी हाथ धोना था।

आस-पास कोई नल या हैंडपंप न दिखा। प्यासा सिद्धार्थ अपना माँ के पास आकर बैठ गया। अपनी बेचैनी न उसने बोली न चेहरे पर व्यक्त होने दी। शायद तभी से उसे अपने भावनाओं को छुपाना शुरू किया।

माँ क्या कर पाएगी बस दुखी ही होगी।

विपत्ति की ज्वाला मे निर्बल निराशा से झुलस जाता है परंतु बुद्दिमान उसी ज्वाला से दीप जलाकर अपना रस्ता ढूँढ़ता है। दुख, गरीबी, बदनामी और दुत्कार ने सिद्धार्थ को सहनशील, और गंभीर बना दिया। परिपक्वता से माँ से निवेदन किया, माँ! इतनी बार छोटे मामा से पापा के लिए माँगा, अब जाकर अपने लिए कुछ माँग लेते हैं। कम से कम उन्हे पैसा वापिस न करने का कारण तो पता चले। कम से कम उन्हे विश्वास तो होगा हम किस मुसीबत मे हैं।

उफ कब तक यह अपमान ये दुत्कार, ये मजबूरी! सरिता ने हताश होकर अपने घुटनो पर सिर झुका लिया।

सूखे होंठ, धूल से सना चेहरा, धूप से जला शरीर सिद्धार्थ और सरिता की विपदा की गवाही दे रहे थे। सिद्धार्थ की बात सही निकली। उनकी दयनीय स्थिति देख

कर रविंद्र बाबू का दिल पसीज गया। दीदी घर के पीछे एक कोठरी खाली पड़ी है। तुम ठीक समझो तो...

सिद्धार्थ तुम कल मेरे साथ चलना। यहाँ सरस्वती मंदिर के प्रिंसिपल मुझे जानते हैं। देखता हूँ वहाँ तुम्हारा दाखिला हो जाता है तो।

एक की परेशानी दूसरे का तमाशा है, गप्प है, गोष्ठी है। रविंद्र की पत्नी मज़े से चाय से लबालब बिस्कुट के साथ बातें भी चबा रही थी। कितनी दुखभरी कहानी है! जा कर सब से डिसकस करती हूँ, कल किटी पार्टी में। लेकिन उनके ठहरने की बात सुनकर उसका मुँह सिकुड़ गया। सरिता खाँसते खाँसते रुकी तो बोली, हाँ, कुछ घर का छोटा मोटा काम भी कर देना और क्या।

रविंद्र बाबू ने सिर झुका लिया।

रिश्तेदार के यहाँ नौकर! सरिता खाँसते खाँसते अपने लड़के की ओर देखती रही। उसके पास और कोई चारा भी तो न था।

रविंद्र की पत्नी की मुराद पूरी न हो सकी। उसको दूसरी काम वाली रखनी ही पड़ी। सरिता के खांसी फेफ़ड़ों का कैंसर निकली। कुछ ही महीनों उसके फेफड़ों मे खून और पानी भर गया। बीमारी लाइलाज थी। घुटती हुई सांसो के साथ वो सिर्फ अपने बिस्तर पर सिमट कर रह गयी।

रविंद्र सरिता के दूर का भाई था। रेलवे मे बड़ा अफसर था। आर्थिक तौर पर सशक्त और सक्षम था। घर मे किसी भी चीज़ की कमी न थी। समाज मे मान-सम्मान था। कहें तो जीवन में एक गरिमा थी। ये सब देख सिद्धार्थ के मन मे भी एक अच्छी पक्की नौकरी की

चाहत जन्मी। स्कूल मे मन लगाकर पढ़ने लगा। अन्य बच्चों की तरह उसका बचपन तो था नही, तो बचपना कहाँ से आता। उसकी गंभीरता ने उसे बहुत ही सुशील और अनुशासित छात्र बना दिया। कम बोलने वाला, शर्मीला पर बुद्धिमान सिद्धार्थ, अध्यापकों का प्रिय था। अपनी शीलता और शालीनता के बल पर जब कक्षा में प्रथम आया तो उस दिन अध्यापक ने उसे लाइन मे सबसे आगे लाकर खड़ा किया। वह डर गया कि कहीं उससे कोई गलती तो नही हो गई। थोड़ी देर बाद आवाज़ गूँजी, सिद्धार्थ चटर्जी, फर्स्ट इन क्लास नाईन्थ। चारों तरफ तालियों की गड़गड़ाहट उठी। टीचर उसे आगे जाने का इशारा करने लगे। हिचकिचाते हुए वह आगे बढ़ा और सीढ़िया चढ़कर प्रिंसिपल के पास पहुँचा। प्रिंसीपल ने उसे शाबाशी दी और एक कप दिया। यह कप उसका था। किसी से उधार लिया नही, बल्कि उसका, खुद का कमाया हुआ। उसकी मेहनत का फल, उसकी जीत का सबूत।उसने नीचे देखा। पूरा स्कूल तालियों में गूँज रहा था। जीवन मे पहली बार उसे पता चला कि सम्मान क्या होता है, ऊँचाई क्या होती है। और वह हमेशा वहीं रहना चाहता था। चाहे जितनी मेहनत करनी पड़े।

आधे बंद किवाड़ों के बीच से आने वाली किरण मे धूल के कण चमक रहे थे। कोने मे जहाँ धूप नही पहुँच सकती थी वहाँ सरिता एक एक सांस को तड़प रही थी, मर रही थी।

माँ, मम्मी, ये देखो।

हाँ ! अरे तू आ गया क्या? ! यह क्या तुझे... ईनाम मिला क्या? सरिता हाँफते हुए बोली।

मम्मी मै क्लास में फर्स्ट आया।

माँ का कैंसर से जड़ सीना गर्व से फूल गया। बड़े दिनो बाद गहरी साँस आयी। तू फर्स्ट आया है !

हाँ माँ, सिद्धार्थ की नज़र अपने कप से हट न रही थी।

जा, उधर से वो डब्बा उठा, जा । माँ हांफते हांफते बोली।

ये ले।

ये क्या है माँ?

तेरा उपहार। माँ ने उसे एक पुरानी सी किताब दी- 'गीतांजली'। सिद्दार्थ ने किताब खोली । पन्ने पीले पड़ चुके थे और किनारों से घिस रहे थे। पहले पत्र के बीच मे लिखा था-रविंद्रनाथ टैगोर-उसने माँ की तरफ देखा।

इसको पढ़ना, साथ रखना। भगवान भी तेरे साथ रहेंगे। ठीक है ?

रविंद्र बाबू की एक लड़की थी जिसको वो मूर्ख नम्बर दो कहकर बुलाते थे। मूर्ख नम्बर एक उनकी धर्म पत्नी थी। घर मे दोनो माँ-बेटी को छोड़कर सबको पता था कि वो मूर्ख नम्बर दो और एक, क्रमशः हैं। छठी मे तीन बार फेल होने के बाद रविंद्र बाबू ने उसका नामकरण किया था। खुद क्लास मे प्रथम आने वाले सरकारी अफसर को जब सिद्धार्थ ने अपना इनाम दिखाकर आशीर्वाद माँगा तो रविंद्र बाबू को सिद्धार्थ मे अपना ही रूप दिखाई दिया।

सहानुभूति प्रेम मे बदल गई। और उसने सिद्धार्थ की पढ़ाई का पूरा जिम्मा अपने उपर ले लिया।

सरिता केवल बैठ कर ही साँस ले सकती थी। लेटने से छाती मे भरे कैंसर के पानी से उसके फेफड़ों पर दबाव पड़ता था और वह साँस न ले पाती। सिद्धार्थ पढ़ता रहता और सरिता उसकी पीठ पर रात भर सिर रख कर बैठी खाँसती रहती।

माँ, मेरा कोई दोस्त नही है।

बेटा ये किताबें ही तेरी दोस्त हैं। इनसे तू अच्छी बातें ही सीखेगा। बाकी जो लबाडिये बाहर घूम रहे हैं वो तुझे बुरी चीज़े ही सिखाएंगे। अकेले चल बेटा अकेले चल।

गरीबी और बीमारी की खाई मे आखिरकार सरिता खो गयी। विक्षोभ भरे सिद्धार्थ के मन मे यह बार-बार बस यही सवाल उठता रहा-माँ को इतने दुख, इतने दर्द क्यों सहने पड़े। मगर इस सवाल का कोई जवाब न था। धार्मिक ग्रंथ इसे पिछले जन्मों का फल कहते हैं। पर यह कोई सन्तोषजनक उत्तर तो नही, संतोष करने का बहाना भर है। शायद जीवन मे कुछ भी होने का कोई कारण नही। कारण तो मनुष्य ढूंढता है। कड़ियाँ तो इंसान जोड़ता है। अपनी बुद्धि की सीमाओं के भीतर। लेकिन बुद्दि के सीमाओं के उस पार असीम गूढ़ ब्रह्माण्ड है, जो बस है और जीवन भी जो है जैसे है, बस है।

जब दुख के कारण नही मिलता तो दुख मिटता नही समा जाता है। मनुष्य के व्यक्तित्व का हिस्सा बन जाता

है। आदमी का व्यक्तित्व उसके अनुभवों का संकलन है और ऐसा सिद्दार्थ के साथ भी हुआ। माँ के जाने के बाद सिद्धार्थ जीवन एक निर्जन रेगिस्तान बन गया को जिसमे एक अंतहीन सन्नाटे के अलावा कुछ भी न था। उसे बस अपनी माँ की बात याद रही और माँ की किताब साथ रही। माँ के देहांत के बाद रविंद्र बाबू सिद्धार्थ का पूरा जिम्मा उठा लिया।

    स्कूल से घर का रस्ता पाँच या छह किलोमीटर का था। फुटपाथ पर चलते चलते सिद्धार्थ ने अचानक सड़क के एक तरफ एक गाड़ी रुकी देखी। हरी। दूसरों से अलग। बगल मे एक लंबी मूँछों वाला एक सैनिक हरी वर्दी मे टोपी लगा कर खड़ा था। तभी सड़क की दूसरी तरफ से वैसी ही वर्दी मे एक दूसरा रोबदार सैनिक आया। इधर वाला सैनिक उसे देख जोर से चिल्लाया, जय हिन्द साहब! और लपक के गाड़ी का दरवाजा खोल दिया। वो शायद सेना का अफसर था। गाड़ी स्टार्त हुई और चली गई। आज तक सिद्धार्थ ने सैनिको के बारे मे सिर्फ पढ़ा था, वास्तव मे कभी देखा न था। आज पहली बार सिद्धार्थ ने किसी सैनिक अफसर को देखा।

    मामा जी, अंदर आ जाऊँ?
    हाँ, हाँ आओ बेटा!
    मामा जी ये मिलिट्री क्या होता है?
    मिलिट्री? ओह तुम्हारा मतलब आर्मी?
    आर्मी?

आर्मी मतलब, थल सेना।

एयर फोर्स मतलब वायु सेना और नेवी मतलब?

नौ सेना।

गुड !

मैंने पढ़ा है, ये देश की रक्षा करते हैं। तो मामाजी इसमे कैसे जाते हैं?

ओह! तो तुम्हे भी फौज का चस्का लग गया। मै भी फौज मे जाना चाहता था, प बाद मे इरादा बदलना पड़ा।

क्यों?

एक बार वैष्णो देवी चढ़ा था । नानी याद आ गयी। फिर रोज पहाड़ कौन चढ़ेगा, और फिर बॉर्डर पर जिंदगी गुजारनी पड़ती है, अकेले।

तो अकेले मे क्या समस्या है ?

हा! हा! हा!

तुम आर्मी मे जाने की क्यों सोच रहे हो? भर्तियाँ तो नही हो रहीं?

मामाजी ये एन.डी.ए क्या होता है?

नैशनल डिफेंस एकेडमी, ओह! तो तुम क्या अफसर बनना चाहते हो?

उसके सवाल मैं लगा लेता हूँ। बारहवीं के बाद होता है न? जल्दी नौकरी भी मिल जाएगी। सिद्दार्थ को पता था कि स्वावलंबन ही उसका अकेला विकल्प था। सिद्धार्थ हिचकिचाया। सौ रुपए का फार्म है।

ओ हो ! वो कोई बड़ी बात नही। तो तुम आर्मी मे जाना चाहते हो। सोच लो?   मेहनत है, खतरा है पर देश

सेवा, सरकारी नौकरी, अच्छी तंख्वाह, मान-सम्मान... वैसे नौकरी तो अच्छी है। परीक्षा कब है।

जी सितम्बर में।

ठीक है। तुम फॉर्म भरो।

बाहर आते ही सिद्धार्थ लंगड़ा कर गिरा। हा! हा! हा! हा! जोर से ठहाकों से बरामदा गूँज उठा। मूर्ख नम्बर दो-पारिजात। सिद्दार्थ की हमउम्र, उसकी बचकानी शरारतों से सब परेशान थे और उसे पागलजात कह कर बुलाते थे। अपने पिता की सिद्दार्थ के प्रति संवेदना को देख पारिजात के मन मे ईर्ष्या थी जिसको वह उसे समय समय पर इसी प्रकार से प्रकट रहती। परंतु सिद्दार्थ ने कभी पारिजात की तरफ कोई प्रतिक्रिया नही की। वह अंतर्मुखी भी था और शर्मीला भी। लेकिन सबसे बड़ी बात, वह अपने हालात समझता था और उसे बदलना उसका सबसे बड़ा लक्ष्य था।

भैया, ये एन.डी.ए की गाईड कितने की है?

पाँच सौ पचास, व्यसत दुकानदार ने उसे बिना देखे बेमन से जवाब दिया।

सिद्धार्थ ने निराश होकर गाईड वापस रख दी और दुकान से निकलने लगा। पर दुकानदार की शक्की निगाहें सिद्धार्थ का पीछा करती रही। उसने सिक्योरिटी गार्ड की तरफ इशारा किया।

सिक्योरिटी गार्ड चिल्लाया, ए रुको ! गार्ड सिद्धार्थ के पास गया और उसे एक किनारे कर उसकी चेकिंग करने

लगा। बिलिंग रुकी रही। सब खरीददार सिद्धार्थ को देखते रहे।

कुछ नही मिलने पर सिक्योरिटी गार्ड पीछे हट गया। अपमान से उत्तेजित सिद्धार्थ ने दुकानदार से बोला, भैया आपने मेरी चेकिंग क्यों की, मै कोई चोर नही हूँ, मेरे पास पैसे नही हैं तो किताब वापिस रख दी।

तो पैसे नही तो दुकान मे मत घुस। चल बाहर निकल!

हताशा के पसीने मे भीगा सिद्धार्थ पीछे मुढ़ा और सर झुका के से बाहर निकल गया। गिरधारी की तरह।

दोपहर के तीन बज रहे थे। दफ्तर मे सभी क्लर्क बार-बार घड़ी देख रहे थे।

अब तक तो लंगर मे लंच खतम समझो।

अरे रोज़ का यही है। मै तो सोच रहा हूँ खाना ही बंद कर दूँ ।

अपना वजन देख। तुझे तो खाना बंद भी कर देना चाहिए।

तभी सुबेदार एडजूटेंट उसी दफ़्तर मे आया।

साहब थोड़ा बताना। एक क्लर्क ने अनुरोध किया।

साब आज हाकी मैच है, आप तो कैप्टन हैं, निकलेंगे नही ? टाइम तो हो गया । सुबेदार एडजूटेंट ने सिद्धार्थ से कहा।

हाँ वरियाम साहब, निकल रहा हूँ बस । हेड क्लर्क को बताइये बाकी डाक क्वाटर पे भिजवा देगा। सिद्धार्थ ने फोन मिलाया। हाँ माखन मै दस मिनट मे पहुँच जाउँगा।

खाना लगा हुआ होना चाहिए। मुझे निकलना है उसके बाद।

ठीक आठ बजे गाड़ी बड़े खाने के लिए पहुँच गयी। नामित सिपाही ने गाड़ी का दरवाजा खोल दिया। अपनी रोबदार मूंछ को ताव देते हुए कमांडिंग अफसर यानि की कमान अधिकारी यानी की कर्नल मुत्थुनाथन नटराजन गाड़ी से उतरे। बाहर सभी सूबेदार आदि पंक्ति मे उनका अभिवादन करने के लिए खड़े थे। सी.ओ सभी से एक एक कर हाथ मिलाने लगे। बीच-बीच मे किसी से कोई बात कहते और ज़ोर से ठहाका लगा देते। साथ साथ बाकी लोग भी उनका साथ देने लगते मानो दुनिया का सबसे बड़ा चुटकुला सुना हो। थोड़ी देर बाद उन्होने अंदर प्रस्थान किया।

आप सभी को मेरी तरफ से बहुत-बहुत मुबारकबाद! हम हॉकी चैंपियनशिप जीत गए। पिछले एक साल से हमारी टीम ने कड़ी तैयारी की और आखिरकार हम जीत गये। सभी खिलाड़ियों को मेरी तरफ से बहुत-बहुत शाबाशी और खास तौर से मेजर सिद्धार्थ चटर्जी को जिनकी कप्तानी मे हम ये कप जीते। लांग लिव द रेजिमेंट!

राम-राम साब, सत श्री अकाल साब।

राम-राम, सत श्री अकाल। कहते हुए खान पान प्रारंभ हुआ

सिद्धार्थ सर मान गए, आपने आज जो वो लास्ट मोमेंट पर गोल दागा न, देट वाज़.....कैप्टन रामदास को बीच मे काटते हुए बटालियन के उपकमान अधिकारी लेफ्टिनेंट कर्नल राजीव ने कहा, अरे सिद्धार्थ! तुम्हारी

ड्रिंक कहाँ है। आज तो तुम्हे पीना ही चाहीए। यू आर दि मैन। अरे साब की ड्रिंक लगाओ भई!

सर आपको तो पता है, मुझे ज्यादा पसंद नही। कम ऑन! आज तो बनता है सिद्धार्थ सर, कैप्टन अमित ने कहा। सर कल पी.टी माफ करवाओ न, सी.ओ तो आपकी सुनते है।

अरे तू किसे बोल रहा है। इससे अच्छा तो कर्नल राजीव को बोल को बता दे। कैप्टन रमन, मेजर अमित के कानों मे फुसफुसाया।

अरे वो तो तुझे पता नही क्या? न नर न नारी, श्रीमान उपकमान अधिकारी, और दोनो हँस पड़े।

सर आपका अत्याचार बहुत हो गया। आपकी तरह हम सुपरमैन नही हैं। किरप्या करके हमें बक्श दो। घुटने घिस गये मेरे तो आपके साथ हाकी प्रेक्टिस कर-कर के। कैप्टन रामदास ने चुटकी ली।

मेरे तो बाल झड़ गए। और अभी मेरी शादी भी नही हुई। रमन बोला तो सभी हँस दिए।

सर आप शादी कर लो। घर मे बिजी रहोगे तो थोड़ा हमे भी टाईम मिल जाएगा, थोड़ा दफ्तर को भी। सिद्धार्थ सबके कटाक्ष सहता रहा, मुस्कुराता रहा।

रात ग्यारह बजे बड़ा खाना समाप्त हुआ। सिद्दार्थ अपने क्वाटर पर पहुँचा, टेबल की लाईट जलाई, ब्रीफकेस खोला और दफ्तर की डाक निकाल कर पढ़ने बैठा।

३

भाय्या, आलू कैसे दिये?

पूरे बजार मे सबसे सस्ते हैं मैडम, 40 रू किलो ले लो, बस आपके लिए।

देविका ने कुछ सोचा, उलझ गयी फिर हार मानते हुए कहा, ठीक है दो किलो दे दो।

सब्जी वाले ने झटपट आलू तोल दिए। बगल वाला सब्जी वाला आँखो के किनारी से देखता रहा।

वाह गुरू, ऐसे दिलदार कम ही आते है। दुगुने दाम मे आलू ले गयी। भाई इतना ठगी भी मत कर, उपर वाले को मुँह भी दिखाना है।

अरे मैने सोचा मोल-भाव करेगी तो दाम कम करना ही पड़ेगा। लेकिन वो तो मान गई।

बाहर बगीचे मे बैठी दादी चौंक कर खड़ी हो गयी। अरे तू रिक्शे से क्यों आई? बजार पास ही मे तो है!

झोला इतना भारी हो गया था, उठाया नही जा रहा था।

ओहहो महारानी कहीं की!

क्या क्या लाई? सुलोचना बाहर आते हुए बोली।

आलू और प्याज़।

और?

२८

और क्या, बस!

हे भगवान! सुलोचना त्रस्त हो कर कुर्सी में बैठ गयी। और कोई सब्ज़ी भी लानी थी! अब क्या दो दिन तक सिर्फ आलू प्याज़ बनाऊँगी?

और तू इतने मे ही थक गई? दादी ने कोसा।

बाप रे बहुत भारी था। मैं इतना नही चल सकती।

आलू कैसे लिए? सुलोचना ने झोले मे झांकते हुए पूछा।

वही 40 रू किलो।

हैं! क्या! 20 रू किलो मिल रहा है। वो भी ऑनलाईन।

तो ऑनलाईन ही मँगा लेती।

अरी मूर्ख! सस्ता लेना था इसलिए तुझे बाज़ार भेजा था नालायक! सुलोचना बोली।

अरे मै थक गयी। पंखा चलाओ। पानी लाओ। देविका अपने दुपट्टे से खुद को पंखा झलते हुए बोली।

दादी ने झगड़ा निपटाते हुए कहा। कोई बात नही अभी आशीष आएगा तो उससे बाकी सब्ज़ी मंगवा लेना। ये बेचारी धूप मे थक गयी है।

सुलोचना ने मुँह बनाते हुए पानी का गिलास देविका को थमाया, अरी कब तक तुझे दादी बचाती रहेगी? तू कोई बच्ची नही रह गयी। थोड़ी जिम्मेदारी लेना सीख ले। मै नहाने जा रही हूँ दाल कुकर मे है। तीन सीटी के बाद बंद कर देना।

देविका ने कोई जवाब न दिया। उठ कर अपने कमरे मे चल दी।

दाल जल गयी।

अरे सुलोचना बड़की और मंझली जा चुकी हैं, ब्रेकफास्ट थोड़ कम बनाया कर, दादी बोली। सुलोचना का मुँह उतर गया फिर अचानक उसे जैसे कोई बात याद आ गई। वो अपना मोबाईल ले आई और शर्मिष्ठा को वीडियो काल करने लगी। दादी के दिमाग मे भी मानो कोई बल्ब जला। हर बात मे पुराने ज़माने का गुणगान करने वाली, घुटने के दर्द के लिए आज भी अमरोहा वाले बच्चन मियाँ का तेल मंगाने वाली दादी, ओलंपिक चैम्पियन की तरह अपने मॉडर्न ज़माने के स्मार्ट फोन को अपने लाडले की तरह उठा लाईं। उधर सोती सुंदरी देविका की भी आँखें मोबाईल फोन से ही खुली। तीनों लेडीस ने सुप्त और शांत आशीष को हर बार की तरह कोई काम देकर घर से भगा दिया और बड़की और मंझली के साथ अपनी चुगली वीडियो कांफ्रेंस मे व्यस्त हो गईं। अपने-अपने मोबाईल पर वीडियो कॉल करते हुए मे से से तीन लोग एक दूसरे के बगल मे बैठे थे ।

हाँ देवी बोल!

मम्मी पता है वो जो शौमिक हैं न, उसका एंगल है । फिर किसी रिश्तेदार की चुगलखोरी शुरू।

एंगल मतबल? कादम्बिनी(मंझली) बोली।

तू चुप कर। कैसे मालूम? दादी ने पूछा।

ये मेरा विश्लेषण है आकलन है!

हैं...आच्छा। चारों बिलकुल प्रभावित हो गयी।

यह दिमाग लगाती है। इसीलिए इसको बी.ए मे साईकोलॉजी करवाया था दादी ने गर्व से कहा।

हाँ! वैसे ये है भी थोड़ी साइको। शर्मिष्ठा बोली।

सुलोचना ने पूछा, मगर कैसे मालूम?

तुम देखना वे सुमिता के आते ही कितना शर्माने लगता है। दोनो की नज़रें मिलती हैं हटती हैं, हटती हैं मिलती हैं। मतलब, कभी दिल हावी, कभी दिमाग हावी। तुम देख लेना कुछ दिन मे बम फटेगा, एण्ड आई एम ट्रेकिंग दि केस।

मान गए! फक्र से दादी ने देविका की तरफ देखते हुए कहा।

माँ देविका को इन सब बातों मे मत लाया करो, अभी छोटी है। शर्मिष्ठा बोली।

छोटी है! मैडम के नखरे देखो, हुंह, बस काम पड़ते वक्त छोटी है।

मम्मी प्लीज!

फिर मंझली बोली, हाँ आजकल बस यही चल रहा है, वो सोनिका है न, जो मेरे साथ कॉलेज जाती थी, बस लव मैरिज का ही गुड़गान करती रहती है। बोलती है किसी को बिना पहचाने कैसे शादी कर लें।

बेटा पहचान गए तो कभी शादी करोगे ही नही। दादी ने आखिर अपना तजुर्बा ढा ही दिया।

तभी घंटी ने सभी को डिस्टर्ब कर दिया।

अरे अभी कौन आ गया ! च च, सुलोचना बोली, देवी जाकर देख कौन है।

देविका ने अनसुना किया तो माँ डपटी, अरी जा ना!

वहाँ आशीष बाबू सब्जी सामान लेकर गेट पर खड़े रहे।

आशीष आया लगता है। आते ही लंच माँगेगा। दादी बोली।

तीन बजे से पहले नही मिल पायेगा। सुलोचना ने ऐलान कर दिया।

शाम को तीनो देवियों का जीवन सास-बहू सीरियल को इर्द गिर्द घूमता था। पहले तो पाँच का मजमा लगता था पर अब तीन ही रह गये थे। वैसे सभी का यही हाल था। इन दो से तीन घंटों के दौरान कालोनी के सभी मर्दों को उनकी स्त्रियाँ घर से हाँक कर बाहर निकाल देती थी और वे आवारा पशुओं की तरह कालोनी की सड़कों पर घूमते रहते थे।

देविका के लिए सिरियल के ये किरदार असलियत थे। सीरियलों में दिखाए जाने वाले ताने-बाने उसके लिए जीवन की सच्चाई थे।

ये सुकेश अच्छा नही कर रहा। सुशीला ने उसके लिए क्या नही किया। देविका की बातों मे रोष था मानो सीरियल की नायिका नही उसके साथ धोखा हो रहा हो।

दादी कहाँ पीछे रहने वाली थी। उन्होने भी अपना विश्लेषण देना शुरू कर दिया।

अरे गलती तो राधिका की भी है! क्या उसे पता नही सुकेश शादी-शुदा है।

सुलोचना भी अपनी कुछ कमेंटरी देने को हुई कि तभी देविका बोली, अरे सुनने दो यार, आप लोग शांती से सीरियल देखो। इतना सीरियस चल रहा है आप लोग पता नही क्या।

अब तीसरा सीरियल चल रहा था। अभी देविका टी.वी देखते हुए खाना खा रही थी। रोटी-सब्जी खाते हुए उसने

मुँह बनाया। मम्मी कल चिकन बनना चाहिए प्लीज़ बहुत दिन हो गए।

अच्छा परसों जो बिरयानी खाई वो?

मम्मी बिरयानी-बिरयानी होती है और चिकन चिकन। और उसमे भी मुझे सिर्फ दो ही पीस मिले। बाकी तो सारा आप शरीफ लोगों ने लपेट दिया। और मुर्गा भी हड्डैला था।

और तू एक घंटा बैठ कर खाती रहेगी क्या? सब खा चुके। सुलोचना ने फिर डपटा।

दादी मुझे तो लगता है तुम ही दुनिया मे एक अकेली सास हो जो सही है। देखो आपने अपनी बहू को कितनी आज़ादी दे रखी है कि कभी भी कुछ भी बोलती रहती है। बाकी चारो तरफ देखो आप देखो सब एक से एक चंट हैं ।

कौन सब।

कसक मे देखो, सुकेश की दादी। और कुसुम मे देखो।

अरे वो सब सीरियल हैं। दादी बोली।

अरे हाँ! सीरियल भी तो असल जिंदगी से ही बनते हैं।

हाँ पर वो सीरियल होते है। सीरियल, समाचार और मनुष्य का ज्ञान, सब आधा सच है। और आधा सच पूरे झूठ से ज्यादा भ्रामक होता है क्योंकि हम उसपे विश्वास कर लेते हैं।

वाउ क्या डायलाग मारा है। बिलकुल इमोशनल कर दिया। देविका ने दादी को शाबाशी दी। और दादी ने आँख मारी और मुस्कुरा दी।

पानीपूरी खाने जाने के लिए इतना कौन तैयार होता है? आधे घंटे से इंतज़ार करता आशीष आखिरकार खीज गया।

तो क्या पजामा पहन के चल पड़ें? बाहर जा रहे हैं तो ठीक से ही जाएंगे न। सुलोचना बोली।

आदमी को हर समय ठीक कपड़े पहनने चाहिए, ये नही कि घर मे भिखारी, और बाहर निकले तो दिवाली। आशीष ने तल्ख़ी से जवाब दिया।

राम दुलारे की पानी पूरी की दुकान बनर्जी परिवार की महीलाओं के आशीर्वाद से ही चलती थी। अक्सर वे उसी के यहाँ पानीपूरी की तलब पूरी करने पहुँच जाती थीं। हमेशा की तरह फुल फोकस के साथ वह तीनो को, क्रमबद्द तरीके से पहले खट्टा, फिर खट्टा मीठा, फिर मीठा पानीपूरी खिला रहा था।

अरे भाई बस करो तीन प्लेट हो गए! आशीष बोला।

अरे भाई इनको और मत दो! लेकिन हमे देते रहना।

मैं सभी के लिए बोल रहा हूँ।

घर मे तुम्हारा रात्री भोज नही बन रहा। सुलोचना बोली।

हाँ हाँ, बाकी दोनो भी बोलीं।

हारकर आशीष बोला लाओ भैया एक और प्लेट खा लेता हूं नही रात मे भूख लगेगी।

राम दुलारे को भी अपनी पास चमकीले कपड़ों और ऊँची हील मे खड़ी सुगंधित महिलाओं को पाकर शाहरुख खान वाली फीलिंग आ रही थी। बड़े चाव से तीनों को पानी पूरी खिला रहा था।

आशीष ने जैसे ही आखिरी पानी पूरी मुँह मे डाला वैसे ही देविका ने पूछा, पेट भर गया?

हूं, हूं, आशीष ने 'हाँ' मे सर हिलाया।

तो पापा फिर चलो उधर चलके नमकीन लस्सी पिला दो।

ओफ्फो! तुम लोगों की वजह से दुनिया मे करोड़ो लोग भूखे मर रहे हैं। चलो।

चारों तबीयत से पंजाबी लस्सी का स्वाद ले रहे थे, तभी दादी को कुछ ध्यान आया।

देविका तेरा मोबाईल?

फिर कहीं छोड़ दिया? उफ्फफफ! सुलोचना फिर खीजते हुए बोली।

देविका हकबकाई, फिर तुरंत ही कुछ याद आया और वापिस पानीपूरी वाले की तरफ भागी।

राम दुलारे बिलकुल शाहरुख की स्टाइल में खड़ा था। शाहरुख खान की ही तरह उसके मन के हाथ दोनो तरफ खुल रहे थे। उसे पता था देविका अपना फोन लेने वापिस जरूर आएगी। उसने मुसीबत मे देविका की जान बचा ली थी। अब तो प्यार हो के रहेगा। 'हाँ हाँ प्यार किया है मैने तुमसे, मै ही हूँ, चमकता हुआ, तुम्हारा अपना राम दुलारे, माई सिंलेंडरेला' उसके दिल के लाउडस्पीकर से आवाज़ उसके पूरे अस्तित्व मे गूंज रही थी। बिलकुल नज़ाकत से बोला, हम जानते थे आप आज फिर अपना मोबाईल भूल जाएँगी हीहीहीही। पर डोंट वरी, आपकी अमानत हमारे पास हमेशा सलामत है।

भाय्या जब छोड़ के जा रहे थे तभी बताना था। देविका से अपना झुंझलाहट छुपाई न गई। फोन लेकर वापिस चली।

अरे मैडम थैंक यू तो बोल दीजिए!

थैंक यू थैंक यू भाय्या, आखरी शब्द पर थोड़ा ज्यादा जोर से बोलते हुए देविका आगे बढ़ गई।

घमंडी कहीं की! एक तो मोबाइल दिया.......

अरे यार बेफिज़ूल मे तंग करते हैं। देविका ने वापिस पहुंचकर शिकायती लहजे मे कहा। सब एक दूसरे को देख मुस्कुराए, सिर हिलाया और वापिस घर चल दिये।

अरे! दादी! दादी!

अचानक दादी लड़खड़ा के गिरने लगी तो घुटने के बल हो गयी।

माँ, माँ चिल्लाते हुए आगे चलता हुआ आशीष वापिस पीछे भागा।

ठीक हूँ! मै ठीक हूँ! कहकर दादी अपने आप को संभालने लगी।

आशीष ने माँ को पकड़ा, संभाला। दादी आँखों मे एक अजीब सी काली गहराई थी।

सारी अटखेलियाँ गुम हो गईं। सब चुप। वह दो-तीन सौ मीटर का घर तक का रास्ता बहुत लम्बा था।

चार साल पहले दादी को किडनी का कैंसर हुआ था।

४

आशीष अपने कमरे के कुछ कागज़ संभाल रहा था। तभी उसका मोबाइल पर अनजाने नम्बर से कॉल आया।

यह मोबाइल दो मिनट चैन से बैठने नही देगा। झल्लाते हुए बोला, हलो!

दूसरे ही क्षण उसका रवैया बदल गया। हाँ, हाँ रविंद्र बाबू कैसे हैं?

जी, जी, हाँ, हाँ, नही कोई समस्या नही, कभी भी। हैं! आज शाम को अ...अ..अ चलिए ठीक है। हाँ साढ़े सात या आठ ठीक रहेगा। आशीष बाबू के चेहरे पर थोड़ी बेचैनी छाने लगी। मम्मी मम्मी करते हुए दादी के कमरे मे भागे।

अरे ओ, क्यों रो रहा है इस उमर मे।

सुलोचना भी दौड़ी-दौड़ी आयी, अरे अब क्या रायता फैला दिया?

अरे मम्मी! सुनो वो देखने आ रहे हैं, आशीष काफी उतेजित था।

अरे कौन क्या देखने आ रहे हैं? ये कोई चिड़ियाघर है जो देखने आ रहा हैं?

वो चटर्जी है न वो देवी को देखने आ रहे हैं.... उनका लड़का कुछ दिन की छुट्टी पर आया है ना तो उन्होने कहा यही ठीक समय रहेगा।

दादी ने कुछ सोचा और फिर बेफिक्र लहजे से कहा, हाँ तो ठीक है न, आने दे न फिर।

सुलोचना थोड़ा बेचैन थी, अरे थोड़ा पहले बताते तो थोड़ी तैयारी कर लेते। न घर का ढ़ांचा ठीक है न देविका का।

अरे ठीक है, दादी ने कहा। जो हो रहा है होने दो। तुम अपनी तरफ से जो कर सकते हो करो। सब देविका की किस्मत है।

है कहाँ वो बौड़म? सुलोचना बोली।

तुम्हे पता है कि दुनिया का सबसे आलसी जानवर कौन है?

हाँ कोआला, ऑस्ट्रेलिया मे पाया जाता है। आशीष ने फक्र से फटाक उत्तर दिया।

गलत, देविका, तुम्हारे घर की। दादी न भी तपाक प्रत्योत्तर दिया।

सो रही होगी, सुलोचना सिर हिलाते हुए बोली।

हाँ तो उसे उठाओ और तैयार करो।

सुलोचना अंदर देविका को जगाने चली गयी। आशीष और उसकी माँ दोनो कमरे मे अकेले रह गये। आशीष के मुँह से आदतन फिर से निकल गया, दादी!

माँ बोल!

अच्छा माँ बस। अभी मै देविका की शादी कैसे करूँगा। तुम्हे तो मालूम है कि हमारे हालात कैसे है।

तो बाद मे पैसे कहाँ से आएंगे। पेड़ से तोड़ के लाएगा जब उग आएंगे? तू रिटायर हो गया है। जो पैसा मिला है

उसको सही जगह इस्तेमाल कर इससे पहले कि खत्म हो जाए समझा।

लेकिन!...

चुप कर, तुझे किस्मत और भगवान का खेल क्या मालूम? रिशता तेरे घर पर चल कर आया है। योग तेरे हिसाब से नही समय के हिसाब से बनता है। देखते हैं। लड़का आने दो।

माँ उसके तो माता-पिता के बारे मे पता है न? उस दिन शर्मिष्ठा की शादी मे शुक्ला जी ने बताया था, वो असल में रविंद्र बाबू की दूर की रिश्ते की बहन का लड़का है। उसके पिता उन्हे छोड़ कर चले गये थे और बड़े बुरे हालात में बड़ा हुआ और ....

और फिर भी अफसर है। भारत की सेना मे। कुछ तो होगा लड़के मे। यहाँ जिन लड़कों के माता-पिता साथ रहते हैं उन्होने कौन से झंडे गाड़ दिए। लफाड़ी! बस कहीं भी खड़े होकर लड़कियों को घूरते रहते है और मेरी हालत... तू तो जानता ही है। अपने जाने से पहले मै यह काम निपटा देना चाहती हूँ।

माँ ऐसा मत कहो .. तुम ठीक हो। आशीष अपनी माँ से लिपटने के लिए आगे बढ़ा।

अरे जा कब तक बच्चा बना रहेगा।

हमेशा।

छोटे बच्चे की तरह,आशीष माँ से लिपट गया। माँ ने सर पर हाथ फेरा। माँ की सुगंध से उसका बेचैन मन शनैः शनैः आश्वस्त हो गया। मातृत्व ही भगवत्व है।

पूरा बनर्जी परिवार रात वाली गहरी नींद दिन मे ही निकालने का आदी था। लेकिन आज सबकी नींद उड़ी हुई थी। सुलोचना पकवान बना रही थी। शर्मिष्ठा और कादम्बिनी भी पहुँची हुई थी। घर की साफ-सफाई कर रहीं थी। आशीष बाहर की दौड़-भाग मे लगा था। लेकिन देविका-वो अपना मस्त सो रही थी।

आखिरकार दादी चाय लेकर देविका के कमरे मे आई।

देवी!, देवी! ये ले चाय पी।

ऊँह हो! अरे अभी क्या टाईम हुआ। दादू तुम मुझे रोज जल्दी क्यों जगा देती हो। यह कहकर देविका दादी से लिपट कई।

बचपन से ही देविका अपनी माँ से ज्यादा, दादी के करीब रही। सबका कहना था कि वो काफी हद तक दादी जैसी ही दिखती थी। जैसे-जैसे बड़ी हुई तो बात सच साबित होने लगी।

उधर दादी का भी स्नेह घर मे किसी और के बनस्पत देविका के प्रति ज्यादा था। जब सुलोचना दो बड़ी बहनों मे व्यस्त रही तब उन्होने ही उसको अपने हाथों से पाला था। दुर्गा देवी और देविका का रिश्ता दादी-पोती के रिश्ते से कुछ ज्यादा ख़ास था।

ये ले लड्डू और समोसा तेरे लिए, खा और तैयार हो।

नो लड्डू, ओनली समोसा। मुझे मीठा पसंद नही तुम्हे पता तो है।

नो दिस, नो दैट, ये नही वो! बड़े नख़रे करने लगी है। देविका थोड़ा परिपक्वता की ओर कदम बढ़ा बेटा! यह इंडिया है। बाप के घर से निकली न तब तुझे कोई बच्ची

नही समझेगा। जब घर छूटता है तो बचपन भी पीछे छूट जाता है। समाप्त हो जाता है।

माहौल बदल गया, थोड़ा गंभीर हो गया ।

देविका ने दुहाई दी, दादी अभी शादी करना जरूरी है क्या?

दादी ने कुछ सोचा, हल्का सा मुस्कुराई और बोली, बेटा चौंतीस प्रतिशत पर तू आई.ए.एस नही,   आई.एच.एस ही बन सकती है।

आई.एच.एस?

इंडियन होम सर्विस! या तो फिर मंत्री-एम.एल.ए वगैरह बनने के लिए ट्राई कर। दादी की आँखों मे मुस्कुराहट थी। थोड़ा काम पकड़ बेटा।

दादी जल्दी क्या है। अभी-अभी तो मंझली की शादी हुई है। तुम लोग बस हमें घर से भगाना चाहते हो।

नही रे! ऐसा नही है, वक्त नही है बस। समझा कर।

दादी तुम बिलकुल ठीक हो। तुम्हे कुछ नही होगा।

एक मजबूर हँसी हँसती दादी खड़ी हुई। बिस्तर पर बैठी देविका उसकी कमर से लिपट गई।

चल उठ सोती सुंदरी!

आआआ लग रही है यार! क्या कर रही हो?

देविका बेमन सी ड्रेसिंग टेबल के सामने बैठी थी। बड़की और मंझली दोनो उसे तैयार कर रही थीं। सुलोचना पीछे खड़ी ब्लाउज मे टांके लगा रही थी।

चुप झर! ये इतने घने लंबे बाल बोरे कि तरह कर रखे है। शर्मिष्ठा ने डांटा।

जो पूछे उसी का जवाब देना, ज्यादा मत बक-बक करना। मंझली बोली। तुझे पता भी नही क्या बोलना है। जो मुँह में आता है बक देती है। जो मन मे आता है कर देती है।

हाँ तो तू तो बहुत बड़ी ज्ञानी पंडित है न? इंटरव्यू है क्या?

इसको कुछ समझाना भी तो महाभारत है। सुलोचना बोली। ये ले काजल लगा, मै किचन मे जाती हूं।

देविका अभी तक अपने हालात से समझौता नही कर पाई थी। वो घर में सबसे छोटी थी। घर का सारा काम और जिम्मेदारियाँ बड़े संभाल रहे थे उसे तो सिर्फ एक बच्चा माना जाता था। मंझली की शादी होने तक किसी को और न उसे खुद को अपने बड़े होने का अहसास हुआ। पर पिछले एक ही साल में ही दोनो बहनो की शादी होने के बाद तो हालात इतने बदल गए मानो ज़माने की सारी आँखे उसकी तरफ हो गयी हों। बौखलायी, झुंझलाई देविका मन ही मन सबको कोस रही थी।

मम्मी तो हर बात पर गलतियां निकालने लगी है। पहले तो इतना नही था। हर बात पे बड़ी हो गई, बड़ी हो गई। और अब तो भई शादी ही कर दे रहे हैं। ये तो कुछ ज्यादा ही हो गया। यार अभी-अभी दो लड़कियों को निपटाया है। कुछ साँस तो ले लो। अभी उमर ही क्या है मेरी। पच्चीस, बस!

५

देखो बेटा, जीवन मे हर चीज़ का समय होता है। मैं जानता हूँ तुम अब तक अपने जीवन मे अकेले चले हो और तुम्हे इससे कोई समस्या नही। पर अभी तुम जवान हो। तुम्हारे दोस्त होंगे, आफिस मे सहकर्मी होंगे। लेकिन वे तुम्हारे अपने नही हैं।

रेलवे बंगले के मुख्य हॉल के सफेद सोफे पर रविंद्र बाबू बैठे हुए थे। सिद्धार्थ बाँयी ओर की खिड़की के पास हाथ बाँधे सिर नीचे किये अपनी गंभीर मुद्रा में उनकी बात सुन रहा था।

लोग तो सोचते हैं कि शादी सिर्फ जवानी के मज़े उड़ाने के लिए है। जवानी तो निकल जाती है सिद्धार्थ, पर जैसे-जैसे उम्र बढ़ती है तो इंसान को किसी के साथ की ज़रूरत पड़ने लगती है। बढ़ती उम्र मे अकेलापन घेर लेता है … … … या तो तुम शादी करना नही चाहते… … पर ज़रूरी तो नही हर शादी तुम्हारी माँ और देवेंद्र की तरह हो … ओह! माफ करना! मै ये क्या कह गया।

रविंद्र बाबू के लिए सिद्धार्थ के मन मे प्रगाढ़ सम्मान था। उन्हे उसकी शादी की परवाह करने की क्या आवश्यकता थी? मगर वो जानता था कि रविंद्र बाबू उसके अकेले और सच्चे हितैषी हैं तभी कह रहे हैं। लेकिन सिद्धार्थ विवाह को लेकर अभी तक अपना मन नही बना

४३

पाया था। उसके मन मे तो विवाह की संस्था के प्रति ही शंका थी। लेकिन रविंद्र बाबू का अनुभव उससे कहीं ज्यादा था। हो सकता है वे सही कह रहे हों। और उनकी बात काटकर वो उनको शर्मिंदा नही कर सकता था।

मुँह से बस इतनी बात निकली, आप ही तो मेरे अपने हैं मामा!

टैक्सी मे बैठा हुआ सिद्धार्थ अपने जीवन का मूल्यांकन कर रहा था। जब छोटा था तो पारिवारिक और आर्थिक कठिनाईयों से गुज़रा उस समय पढ़ाई करके नौकरी पाना सबसे बड़ी प्राथमिकता थी। लड़कपन के अल्हड़पन की उसके जीवन में स्वतंत्रता न थी। पढ़-लिख कर सेना मे अफसर बन गया। पर अब वह एक अफसर था। उसके पद के साथ गरिमा और ज़िम्मेदारीयाँ जुड़ी थीं। पहले सोचता था कि नौकरी मिल जाएगी तो स्वतंत्र हो जाएगा। लेकिन अब स्वतंत्रता, गरिमा और ज़िम्मेदारियों की लक्ष्मणरेखा मे सीमित हो गई।

पूर्ण स्वतंत्रता की उच्छृंकलता तो एक मरीचिका मात्र सिद्द हुई। इस अहसास ने उसे गंभीर और व्यव्हारिक बना दिया। सिद्धार्थ की उम्र तो सत्ताईस साल थी लेकिन अपनी गंभीरता के कारण वह अपनी उम्र से थोड़ा बड़ा लगता था। वर्तमान के चेहरे पर अतीत के निशान झलकते हैं। चाहे देविका के नयनों मे बचपन की नादानी हो या सिद्धार्थ की आँखों में गंभीरता की गहराई। अतीत बीतता नही समा जाता है।

कई साल बाद सिद्धार्थ वापिस अपने शहर आया था। टैक्सी से गुज़रता हुआ नज़ारा उसे अपने बीते हुए कल के

सफर पर ले चला था। वही रस्ता.. वही धूल, वही अकेला पेड़...वही मैं। तभी सरस्वती मंदिर के सामने से टैक्सी गुज़री। वही इमारत... ... वही ज़ख्म...

हीहीही हाहाहा हीहीही। बच्चों की खिल्लीयों की खिलखिलाटें उसके मन मे गूंजने लगीं। एक मुकाम ज़हन मे उभरने लगा।

क्लास में सिद्धार्थ का कप उसकी टेबल पर रखा था। पास वो स्वयं खड़ा था।

दो चेहरे उभरे, पहले धुँधले, फिर साफ दिखने लगे।

तेरी माँ को तेरे पापा ने घर से निकाल दिया था न। हाँ। घृणा मे लिपटी हँसी।

ओम और रंजीत, हाँ वही दो, हमेशा धक्का-मुक्की करने वाले। सबसे बड़े। क्लास मे फेल जो हो रहे थे। मुहँ से तीखी बदबू भी तो आती थी... शायद बीड़ी की...लेकिन और भी तो थे... पीछे खड़े... हँसते हुए। सिद्दार्थ के मन मे विचारों, भावनाओं, भूत, वर्तमान भविष्य और समाज को लेकर उग्र मंथन प्रारंभ हो गया जिसकी व्यग्रता उसके चेहरे पर तेजी से बदलते भावों मे प्रकट होने लगी।

समाज मे कुछ लोग ऐसे ज़रूर होते हैं जो दूसरे को आगे जाता नही देख सकते। ये पराये ही नही अपने भी हो सकते है। लेकिन किसी भी तरह आपकी कोई न कोई कमजोरी की पकड़कर आपको नीचा दिखाने की कोशिश मे लगे रहते हैं। अगर आप काबिल हों तो ये आपकी पृष्ठभूमि पर उंगली उठाएंगे। अगर आपकी पृष्ठभूमी अच्छी है, तो आपकी काबलियत पर सवाल उठाए जाएंगे, कुछ नही तो चमिला तो आपके रंगरूप का ही मज़ाक उड़ा लेंगे। क्यों? क्योंकि आपकी सफलता इनकी हैसियत को

चुनौती और इनकी नालायकी का प्रमाण है। सोचनीय यह है कि ये बदनीयत बाहुबली ही समाज की परिभाषाएं तय करते हैं। और बाकी आम लोग? कहने को हर आम आदमी आज़ाद है, लेकिन इनका विवेक शून्य है। ये अपने बुद्धि से नही बल्कि दूसरे की परिभाषाओं पर चलते है। भेड़चाल से। वहीं चरते हैं जहाँ वो चरवाहे इन्हे हाँक कर ले जाते हैं। बच्चों की क्लास हो या बड़ों का समाज, बस एक झुंड है, भेड़-बकरियों का झुंड। जो जिधर हाँक दे उस तरफ चल देते है। लेकिन भले ही ये झुंड मे रहें पर हर बकरे के दिल की बस एक ही आवाज़ है, मैं मैं मैं।

अचानक टैक्सी की ब्रेक लगी। झटका सिद्दार्थ को वापिस खींच लाया। होश आया तो अपमान के रोष से चेहरा लाल हो रखा था। लेकिन मन एक जगह ठहरता कहां है। भूत वर्तमान और भविष्य के बीच मे झूलता रहता है। पहले अतीत तो अब उसे भविष्य की चिंता सताने लगी।

किसी अंजान लड़की से मिलना... कितनी देर लगेगी? क्या बोलूंगा? माँ-बाप के बारे मे पूछेंगे तो? अगर पसंद न आयी तो?   बातें तो की है दूसरी महिलाओं से, ऑफिसर्स की पत्नियों से, पर यहां... यहां बात अलग है। यहाँ तो एक एक अनजान को अपने सबसे अंतरंग बनाने का निर्णय लेना है। वह भी सिर्फ पहली ही मुलाकात मे। मगर मनुष्य को समझने मे तो समय लगता है। उफ्फ... कितना अजीब है ये सब! और ऐसे समय मे क्या सिर्फ लड़कियों को शर्म

आती है। पुरुष को भी तो शर्म आती है। उसका भी तो इंटरव्यू लिया जा रहा है।

कैसे निर्णय करू कि यह लड़की मेरे लिए ठीक है और मै उसके लिए?

हाँ आगे लेना वही पीला वाला घर, हाँ बस यहीं साईड में रोक दो। रविंद्र बाबू बोले।

अगर उसने मुझे नापसंद कर दिया तो?

आशीष गेट पर ही चहलकदमी कर रहा था। आइये! आइये! आशीष बाबू ने आगे बढ़ कर दोनो का अभिवादन किया। सिद्धार्थ ने आशीष के चरण स्पर्श किये।

अरे बस! बस! खुश रहो। और अभी कहाँ पोस्टेड हो? ऐसी आम बातों से बातें आगे बढ़ी। थोड़ा माहौल खुल गया। सिद्धार्थ भी थोड़ा हल्का महसूस करने लगा। लेकिन यहाँ सारी आँखे उसे ही घूर रहीं थीं तो उसने ज्यादा न बोलना ही ठीक समझा।

पर यहाँ तो जिसका साक्षात्कार होना था वह तो बिलकुल ही बेफिक्र थी। अरे रे रे रे! यह मेहमानों के समोसे हैं, पहले ही सब खा लेगी क्या? और लिपिस्ट्क देख।

सफेद शर्ट और स्लेटी पैंट में सिद्धार्थ औपचारिक और संयमित लग रहा था। ये बात दादी को काफी पसंद आ रही थी। उसके डील-डौल, चाल-ढाल मे उसका स्वस्थ शरीर झलक रहा था। बाकी आम बातें चल रही थीं। ज्यादातर

बड़े ही बात कर रहे थे और भावी पति-पत्नी के गुण गिनवा रहे थे।

थोड़ी देर बाद सामने के दरवाजे से देविका अंदर आयी। अचानक सभी शांत हो गये।

सिद्धार्थ बिलकुल सामने बैठा था। दोनो की नज़रें मिलीं।

ये लड़का है की आदमी! देविका ने सोचा।

ये लड़की है कि बच्ची! सिद्धार्थ ने सोचा।

सिद्धार्थ ने धीरे से सिर झुका लिया। देविका ने नज़रें झुका ली।

सिद्दार्थ भले ही पारिवारिक माहौल मे बैठा हो लेकिन ऐसे समय मे थोड़ा तनाव तो होता ही है। परिणामतः ऐसे समय सिद्दार्थ का सैनिक बुद्दि जागृत हो उठी और उसकी इंद्रियाँ और तीव्र हो गयीं। सिर झुकाते सिद्धार्थ ने देख लिया कि देविका के चेहरे पर मेकअप की ज्यादा कृतिमता न थी, साड़ी का ब्लाउज थोड़ा ढीला था यानी की उसका नही था और देविका की बाँयें पैर के सैंडल का स्ट्रेप भी थोड़ा ढीला बंधा था। शायद वक्त कम होने के कारण देविका को सजने, सँवरने का ज्यादा समय नही मिला। लेकिन इस हालत मे ही वह उसके रूप-रंग-ढंग का सही अनुमान लगा सकता था।

देविका ने बैठते ही सबसे पहले समोसे की ज़ोरदार ढकार ली।

आंखों के किनारी से देख सिद्धार्थ समझ रहा था कि देविका कि माँ और बहने एक दूसरे से इशारे मे बातें कर रहे हैं। शायद देविका को कुछ ठीक करने को कह रहे थे या समझा रहे थे। देविका बार बार अपनी दादी की तरफ देख रही थी। दादी भी उसे आँखों से कुछ इशारे कर रही थी। उसकी नज़र आस पास की सजावटी वस्तुओं पर गयी, फिर दीवारों पर लगी पेंटिग, फोटो पर पड़ी। सजावट मे दिखावट न थीं। चीज़े मँहगी तो न थीं पर शौक से खरीदी गयी थी... नही प्रेम से खरीदी गयीं थीं। सोच-समझकर सही जगह रखी थीं। साफ-सफाई थी। परिवार मे प्रेम था। घर था।

ऐसे अपनत्व मे वह कभी रहा नही था। परिवार के माहौल मे कितना सुख था।

बड़की कुछ और नाश्ता लेकर आई।

ये शर्मिष्ठा है, सबसे बड़ी यही है। इसके पति इंजिनियर हैं। अभी पिछले साल ही इसकी शादी हुई।

सिद्धार्थ कुछ लो ना!

सिद्धार्थ थोड़ा हिचकिचाया।

अरे लो न!

सिद्धार्थ ने एक मीठा उठाया और अपनी चाय की प्लेट मे रख लिया।

धीरे-धीरे सब शांत हो गये। सारी आँखे उसे घूर रही थीं। वह समझ गया कि सभी उत्सुक थे कि वह देविका से कुछ बोले।

उसने चाय की एक चुस्की ली और बड़ी ही कोमल आवाज़ मे कहा। आप शादी करने के लिए तैयार हैं ...

...या अभी और पढ़ना चाहती हैं? सिद्धार्थ चाहता था कि देविका को अगर न कहना है तो उसके पास कोई न कोई विकल्प होना चाहिए।

अरे अंकल, पढ़ना तो हम बचपन से ही नही चाहते और शादी भी हम नही करना चाहते। देविका ने मन मे आया कि कह दे, फिर माँ की तरफ देखा।

किचन मे खड़ी सुलोचना दाँत किटकिटाए और बेलन को हवा नीचे से ऊपर की तरफ घुसा कर देविका को न कहने के परिणाम का इशारा किया।

देविका ने शर्माने की कोशिश करते हुए कहा। दोनो।

और लो न सिद्धार्थ। आशीष ने कहा।
सिद्धार्थ हिचकिचाते हुए दुबारा मिठाई उठाने लगा।
अरे यह कटलेट लो न!
जी बस!
अरे देविका ने बनाई है।
नही! मैने बस फ्राई किया है बाकी सब मम्मी ने किया है।

सिद्दार्थ ठिठका। कटलेट का एक टुकड़ा मुँह मे रखा, देविका की आँखो मे पल भर के लिए देखा और कहा। अच्छा फ्राई किया है।

और सभी हँस पड़े ।

वापस लौटते समय मन काफी हल्का लग रहा था। काफी दिनो बाद काम से असंबंधित किसी से बात की थी। सम्मान भी मिला था। सिद्धार्थ प्रसन्न था।

हाँ तो सिद्धार्थ परिवार पसंद आया? सिद्दार्थ की मनोस्थिति बदलने से पहले रविंद्र बाबू उसका फैसला ले लेना चाहते थे।

मामा मैं कौन हूँ किसी को पसंद या नापसंद करने वाला ... ...अगर मना भी करना है तो कैसे? शायद मुझे आने से पहले ही सोचना चाहिए था ... ... इससे अच्छा तो हम लोग कहीं अकेले मे मिल लेते। मेरे न करने से उस परिवार पर क्या असर पड़ेगा ... ...उस पर क्या असर पड़ेगा?

सिद्दार्थ तुम ज्यादा सोचते हो। रविंद्र बाबू बोले।

ठीक है मामा लेकिन आप उनको माँ के बारे में बता दें, मै किसी झूठ या गलतफहमी से रिश्ते की शुरुआत नही करना चाहता।

हाँ बिलकुल ! वो भी इतनी सुंदर लड़की के साथ! क्यों? हा! हा! हा!

हाँ जी जी, हाँ हाँ, जी जी, मुझे मालूम है, कोई बात नही। आशीष बगीचे मे खड़ा फोन पर बात कर रहा था। उधर देविका मन ही मन मना रही थी, हे भगवान बस मना कर दे तो जान बचे।

दादी! दादी! आशीष हड़बड़ाता हुआ घर के मुख्य दरवाज़े से बैठक मे घुसा।

अपने बेडरूम मे बैठी दादी ने अपना मुँह सिकोड़ते हुआ कहा। हूं... यहाँ हूं।

आशीष तेज कदमों से दादी के बेडरूम मे आया। अरे वे तो मान गए! आशीष काफी उत्तेजित था।

दादी ने राहत की सांस ली। तो इसमे इतना उछलने की क्या बात है। वो तो मुझे मालूम ही था। पोती किसकी है?

दादी तुम लोग मुझे घर से क्यों निकालना चाहते हो। इतने गंभीर वरिष्ठ नागरिक से मेरी शादी कर रहे हो। थोड़ा स्मार्ट टाईप आदमी ले दो न !

चुप कर! आर्मी अफसर है। तेरी अच्छी ट्रेनिंग करेगा।

माँ! आशीष बीच मे बोल पड़ा।

क्या है! तू क्यों बीच मे पड़ रहा है?

माँ तो मै तैयारी शुरू करूं?

नही। तू आराम से बैठ। चाय पी। सब पड़ोसी करेंगे। बुद्धू कहीं का!

६

भागलपुर से आए बड़े फूफा तुनके हुए थे। अरे क्या सब शादी मे इतना व्यस्त हैं बड़े कोई चाय पूछने वाला भी नही? इतनी दूर से बड़े बुजुर्ग आये, कोई मान सम्मान नही। हुँह! और ये देखो क्या जगमग ... ... दो युवतियां चमकीले लहंगा चोली मे पास से निकली। फूफा की मोटी चश्मेदार आँखे उन्ही लड़कियों का मटक-मटकर पीछा करती रहीं। माहौल खुशगवार हो गया और बड़े फूफा थोड़ा तन गए।

पूरा मंडप और पार्क रंग-बिरंगे फूलों, शिफॉन पर्दों, गेंदनुमा जगमगाती लाईटों और झालरों की आधुनिक साज-सजावट से झिलमिला रहा था। जवान लड़के लड़कियां प्रत्यक्ष और अप्रत्यक्ष रूप से एक दूसरे को आंक रहे थे और अपनी कृतिम अदाओं से एक-दूसरे का ध्यान खींचने की कोशिश कर रहे थे। दोनो की भावनाएं कामुक फिल्मी गानो के उँचे स्वर मे प्रतिध्वनित हो रहीं थी। मोटे लोग कड़क कपड़ो मे अकड़े खड़े थे। जो सूट पहनने के आदि न थे, पर पहने थे, उनकी ऐंठी चाल-ढाल से ही उनकी असहजता झलक रही थी। अधेड़ उम्र के मर्द चमकते चश्मों की शीशों के पीछे से नवयुवतीयों के बदन के उभारों और गहराइयों का अध्ययन कर रहे थे। उनकी पूरी काया

अपने अंदर जज़्ब करने के बाद उन्हे भूख लगने लगी। सभी दूल्हे का इंतज़ार कर रहे थे कि उसके आने के बाद ही स्नैक्स ठीक से खुलेगा। ऐसे मे किसी ने शरारत मे, या शक मे कह दिया, इतनी देर क्यों? खाना कहीं कम तो नही? खाने काउंटर खुलते ही संयम का ढ़ोंग खत्म हुआ और सभी भेड़ियों की तरह स्नेक्स पर झपट पड़े ।

दूसरे की प्लेट मे झाँककर एक मेहमान बोला। भैया! तुम तो शाकाहारी हो!

दूसरा थोड़ा सकपकाया, अरे कभी-कभार स्नेक्स मे खा लिया तो क्या नॉन व्हेज हो गए?

बराती कम ही आये हैं! एक बुज़ुर्ग अपने अधगंजे दोस्त के कान मे फुसफुसाये।

अबे तुम्हे क्या, तुम अपने पीने की जुगाड़ करो। गंजे की आँखे इधर-उधर फिरती कुछ ढूंढ रही थी।

तभी आशीष ने हाथ उठाकर दूसरे गंजे की तरफ इशारा किया। दोनो मेहमान उसके पीछे-पीछे आये। दोनो को पीछे वाले कमरे मे लाकर, नम्रता पूर्वक

झुककर आशीष ने उन्हे अंदर जाने का इशारा किया और बाहर से धीरे से दरवाजा बंद कर दिया।

अंदर घुसते ही दोनों की आँखे चमक उठी। कमरे में उनके जैसे और नवाबों का जमावड़ा लगा था। सभी फर्श पर पड़े गद्दों पर टेक लगाए बैठे थे या लेटे थे। बीच में बियर और व्हिस्की की बोतलें खुली रखी थीं और प्लेटों मे स्नेक्स का अंबार लगा हुआ था।

अरे! आओ आओ मिश्रा जी! आओ!

अपनो के बीच आकर, आदर सत्कार पाकर दोनो बुजुर्ग गद्गद् हो गए।

दूसरी तरफ चाट-पापड़ी के दो काउंटरो पर मेकअप से लदी औरते लकड़बग्घिन की तरह हांए हैं! हांए हैं! कर रही थी। भीड़ ऐसे हाथ बढ़ाए चढ़ रही थी मानो चाट न मिला तो चाट वालों को ही नोच ले जाएंगी। जल्दी-जल्दी प्लेट बनाते, घबड़ाये चाट वाले धुँए, घी, पसीने और चिल्ला-मिल्ली के बीच जिंदगी और मौत की लड़ाई लड़ रहे थे।

आशीष, एक छुपाव मे खड़ा अपनी की हुई व्यवस्था को निहार रहा था। पिछली दो बच्चियों की शादियों ने उसे शादी कराने का मूल-मंत्र अच्छी तरह सिखा दिया था। शराब, स्नेक्स, चाट और भड़कीले गानो की कांन्टिन्यू सप्लाई। जयमाल की रस्म के तुरंत बाद मेहमान अपना अपना पहनावा और मेक-अप भूलकर खाने की रस्म पूरी करने दौड़ पड़े।

मटन मे थोड़ा नमक कम है। एक अधेड़ उम्र के बाराती बोले।

पनीर भी थोड़ा पुराना लग ही रहा है। साथ खड़े दूसरे ने भी अपना निर्णय सुना दिया।

अच्छा इसलिए पूरा प्लेट ले रखा है। गुट मे खड़ी एक महिला बोली। शायद उनमे से एक की पत्नी थी। और वो देखो पापड़ तैरना सीख गया। जल्दी खाओ नही तो तैरते-तैरते प्लेट के बाहर निकल जाएगा। फिर खाना कम पड़ जाएगा और तुम कमज़ोर हो जाओगे। दो दिन से ठीक से खाए भी नही हो।

सब मीठा नमक एक मे मिक्स हो गया पता नही किसका स्वाद है। चौथे ने ऐसे कहा जैसे खाने की गल्ती हो कि वो आपस मे मिक्स हो गया।

भैया यह क्या है? मेहमान की कोई देखभाल नही, वेटर रसगुल्ले देने से मना कर रहा है। एक मेहमान शिकायत करते हुए मुख्य वेटर के पास आया।

क्यों? क्या हुआ काहे मना कर रहे हो?

भैया पंद्रह रसगुल्ले ले चुके हैं बाकी मेमान का क्या होगा?

विवाह विधि शुरु होने से पहले ही ज्यादातर शरीफ लोग ढकार मारकर चलते बने। ज्यादा खा लेने से नए कपड़ो की फिटिंग भले ही बिगड़ गयी लेकिन भरे पेट का सुकून सभी के चेहरे से झलक रहा था। दिल मे उपहार की वसूली की शांती थी। बस शराब पीने वाले और रिश्तेदार ही रस्में पूरी करने के लिए बच गए।

ग्यारह बजे तक ज्यादातर मेहमान रफूचक्कर हो गये। लेकिन सिद्धार्थ और देविका का कष्ट तो अभी शुरू ही हुआ था।

म म म म मंग ग लम् भगवान विष्णु बोलने मे जब इतना समय लगा तब पता चला पंडित हकला है।

बुआ बोली, अरे मर गए! पंडित जी को तो एअर लॉक पड़ता है!

आशीष मरगिल्ले! दादी ने दांत किटकाए। कहाँ से लाया इसे।

सबने हथियार डाल दिये। पर पंडित ईमानदार था, दादी के दो हजार दिखाने के बावजूद मंत्र पूरे पढ़े। देविका को कोई फ़र्क़ नही पड़ा। वैसे दिन भर की उल्टूजुलूल रस्मों-रिवाज़ से वैसे ही वो काफी थक चुकी थी। मंडप मे बैठते ही झपकी आ गयी।

सुलोचना कुहनी मार-मार कर उसको जगाती रही। सात फेरे लेने के लिए लार पोंछती हुई उठी। लेकिन उसे देख सिद्धार्थ जागता रहा।

किसी तरह विवाह सुबह चार बजे सम्पन्न हुआ। सबकी आँखे फूलीं और भौंहे ऐसे उठी उठी हुई थीं जैसे किसी बड़ी बीमारी से अभी-अभी ठीक होकर अस्पताल से वापिस आ रहे हों।

ओ.के बाय! देविका ने कार तरफ बढ़ते हुए अपनी बहनो को टाटा किया।

अरे बेशर्म! विदाई है, थोड़ा रो तो ले। तुझे इतना पाल पोस के बड़ा किया, लोग कहेंगे इनके घर से जाकर लड़की बड़ी खुश है। समाज का भी ख्याल कर।

अरे दादी, चार घर छोड़ कर तो ससुराल है। मैं आती-जाती रहूंगी। शाम को ही आती हूँ।

मूर्ख कहीं की! इसको पता ही नही इसका पति की कहीं बाहर तबादला है। सुलोचना धीरे से बुआ के कान मे बोली। सिद्धार्थ वापिस अपनी भावहीन गंभीर मुद्रा मे वापिस आ चुका था। उसका उद्विग्न मन भविष्य का आकलन कर रहा था।

फ़िल्मों की तरह सिद्धार्थ को दरवाज़े से अंदर धक्का देने वाला कोई न था। यह रात भी उसे अपनी निर्जनता याद दिला रही थी। उपर से ये बेचैनी। क्या कहना है? क्या करना है? एक पुरुष होने के नाते हर बात की पहल उसी को करनी थी। सारा दारोमदार उसी पर था। दरवाजा धीरे से खोला, अंदर घुसा। मंद रोशनी मे गुलाब की ठंडी भीनी खुशबू फैली थी। बिस्तर पर गुलाब के झालर लटक रहे थे। यहाँ तो दृश्य फिल्मी था। एक बुत घूँघट डाले बैठा था। घूँघट के अंदर, देविका हमलावर बिल्ली की तरह घात लगाकर बैठी लग रही थी। स्थिर, सतर्क, तत्पर। उसने अपना कुर्ता ठीक किया। हिचकिचाते, धीमे, दबे कदमों से आगे बढ़ा। सामने कोई हरकत ही न हुई। धड़कने बढ़ती जा रही थीं। साँसे उथला रही थीं। देविका भी तो उतनी ही घबराई हुई होगी, उसने सोचा। वह चुपके-चुपके आगे बढ़ता रहा जैसे चोर तिजोरी की तरफ हाथ बढ़ता है। फिर धीरे से उसने अपना हाथ देविका की घूँघट की तरफ बढ़ाया।

ढप्पप... ...

देविका बिस्तर पर लुढ़क गयी। वो तो कबकी सो चुकी थी! लुढ़कने से नींद हल्की सी खुली तो उसने अंगड़ाई ली, अपना तकिया ठीक किया, एक लम्हे के लिए सिद्धार्थ की ओर अधखुली आँखों से देखा और उसका सिर फिर तकिये पर ढुलक गया। सिद्धार्थ सरके घूँघट मे ढके-खुले चेहरे को देखता रहा। पहली बार कोई इतना करीब था। झीनी रोशनी ओस की तरह उसके चेहरे पर गिर रही थी। बदन से गुलाब की ठंडी खुशबू मासूम गहरी सांसों के साथ उठ रही थी। उसके कमरे की आभा बदली हुई थी। देविका सो रही थी। हर कण जाग उसे देख रहा था।

सिद्धार्थ घबड़ा कर उठा। कोई बेतहाशा दरवाज़ा धड़धड़ा रहा था। भाग कर दरवाज़ा खोला।

मुन्ना बावर्ची बाहर चाय-नाशता लेकर खड़ा था। अंदर झांका तो देविका बिस्तर पर बैठी पूरा मुंह फाड़कर जम्हाई ले रही थी। मेक अप फैला पड़ा था।

भैया बस करो! दांत फाड़ते हुए बोला। नाशता तो कर लो। कहकर नाश्ते का ट्रे आगे बढ़ाया।

सिद्धार्थ ने पीछे मुड़ कर देखा और वो मुन्ना की गलतफहमी का कारण समझ गया।

दस बज रहा है! मुन्ना ने ऐलान किया।

हाँ तो? क्या है दस बजे? राष्ट्रपति को सलामी देनी है?

नही!

झंडा फहराना है?

नही!

परेड पर जाना है?

नही!

तो फिर?

नहाओ, धोओ और का?

फिर?

फिर का, फिर रेस्ट करो अपना!

तो वही तो कर रहे थे। तुम आ गए जीरा बोने।

सिद्धार्थ ने ट्रे लीया और धड़ाक से दरवाज़ा बंद कर दिया।

सिद्दार्थ ने नाशते का ट्रे अंदर टेबल पर लाकर रखा। देविका अभी भी बिस्तर पर ही बैठी थी अभी भी उसकी नींद पूरी तरह खुली न थी।

बाथरूम? उसने मानो अपने आप से ही पूछा।

सिद्दार्थ ने सामने इशारा किया।

देविका ने दोबारा जम्हाई ली और बिस्तर से उतरकर बाथरूम चली गयी। कुछ देर बाद बाहर निकली, जाकर ब्रेकफास्ट देखा। मानो कहा उह ! बोरिंग। फिर बिस्तर पर जाकर लेट गयी।

सिद्धार्थ उसे देखता रहा। उसके कमरे मे कोई और भी है, देविका को शायद यह एहसास ही न था। या वो यह अहसास करना ही नही चाहती थी। लेकिन सिद्दार्थ को किसी सच्चाई का अहसास हो रहा था। रात की ख़ुमारी अचानक उतर गयी।

हलो! मेरा नाम सिद्धार्थ चटर्जी है। जी मुझे अपने प्लेन के टिकट की डेट बदलवानी है। जी! थोड़ा पहले निकलना है।

सिद्दार्थ चिंतित नही भयभीत था। पिछली दो-तीन दिनों में उसने देविका के अंदर अनर्गल लापरवाही देखी थी। वह देविका की किसी अपरिपक्वता से खुद को और रविंद्र बाबू को घर-परिवार-समाज मे शर्मिंदा नही करना चाहता था। वैसे भी अतीत मे वह काफी शर्मिंदगी झेल

चुका था। देविका अब उसकी जिम्मेदारी थी। देविका को लेकर जल्दी से जल्दी वहाँ से निकल जाना ही ठीक था।

लेकिन तुम तो कुछ दिन और रुकने वाले थे, अचानक क्या हो गया?

जी मामा बहुत जरूरी काम आ गया।

मतलब? ऐसा क्या ज़रूरी काम आ गया भई? लड़ाई तो नही लगने वाली?

नही मामा जी, बस ऐसा ही है। जाना ज़रूरी है।

अरे किसी बात की नाराज़गी तो नही है सिद्धार्थ ...जाने अनजाने...?

नही नही मामा जी! आप की किसी बात का मै कैसे बुरा मान सकता हूँ। आपने जो मेरे लिए किया है लोग अपनो के लिए नही करते।

तुम मेरे अपने ही हो सिद्धार्थ ... लेकिन मै तुम्हारी किसी योजना मे बाधा नही बनना चाहता।

अक्सर परिपक्व लोग व्याव्हार मे प्रत्यक्ष नही होते। वे अपनी भावनाओं को दूसरों के सामने प्रदर्शित नही करते। पुरुषों मे ये प्रवृत्ति ज्यादा होती है, क्योंकि समाज मे पुरुष का भावुक होना दुर्बलता और कठोर होना सामर्थ्य की निशानी माना जाता है। सिद्धार्थ और रविंद्रबाबू के आपसी भाव में सच्चाई भी थी और संवेदनशीलता भी। रविंद्र बाबू सिद्धार्थ को अपने परिवार से ज्यादा प्रेम करते थे, सिद्धार्थ के लिए रविंद्र बाबू पिता समान थे। लेकिन रविंद्र बाबू सिद्धार्थ पर हावी नही होना चाहते थे और सिद्धार्थ अनौपचारिक होकर, अपनी चिंताये बताकर उन्हे बेचैन नही

करना चाहता था। दोनों ने अपनी भावनाओं को सीमित कर दूसरे की भावनाओं की क़दर रखी।

अरे तू यहाँ रहेगी और तेरा पति कहीं और रहेगा क्या? पागल है क्या? दादी ने देविका को फोन पर फटकारा।

दूसरी तरफ देविका स्कूल जाने वाले नन्हे बच्चे की तरह दहाड़े मार कर रो रही थी ।

अरे ज्यादा मत बन तुझे नही मालूम था? हर सीरियल मे बीवी अपने पति के साथ ही रहती है। तू कोई उनसे अलग है क्या?

ऊँ, तो मै इसी घर मे क्यों नही रह सकती। ये भी तो उसी का घर है।

पगली! अपने पति के साथ रहेगी या उसके मामा के साथ।

लेकिन!

लेकिन वेकिन कुछ नही! वैसे भी तेरा पति आर्मी मे है। कुछ दिन बाद पोस्टिंग जाएगा फील्ड मे, तब तू आ जाना हमारे साथ रहने के लिए। समझी! अरे बहुत समय मिलेगा हमारे साथ रहने को। अभी ज़िद मत कर।

गालों पर आधे पोंछे आंसू लिए अनमनी देविका ने अपना सामान बटोरना करना शुरू किया। तभी सिद्धार्थ अंदर आया।

आपकी फील्ड पोस्टिंग कब आएगी? शादी के बाद देविका की सिद्धार्थ से ये पहली बात थी।

क्यों। मन की खिन्नता स्वर की भावशून्यता मे प्रकट हुई।

कुछ नही! आप फील्ड पोस्टिंग जाएँगे तो मै वापस अपने घर आ जाऊं?

एक तीर सा लगा दिल पर पर चेहरा टस से मस नही हुआ।

हाँ।

इतना कहकर सिद्धार्थ बाहर चला गया।

७

विदाई का दुख जब बर्दाश्त के बाहर हो गया तो देविका ने अपने स्मार्ट फोन से स्वयं को सम्मोहित कर लिया। आधुनिक समय मे स्मार्ट फोन केवल संपर्क-सूचना का उपकरण-माध्यम मात्र नही रह गया। कईयों के लिए यह एक मानसिक और भावनात्मक बैसाखी है। ये कहना गलत न होगा कि इंटरनेट जड़ित स्मार्ट फोन असलियत के अनवरत आक्रमण से बचने का मानसिक कवच बन गया है। और तो और, अपना जो पहलू व्यक्ति अपने निकटतम को नही दिखा पाता वो स्मार्ट फोन पर प्रकट कर पाता है। बूढ़े बिकनीयुक्त युवतियों की फोटो निहार सकते हैं। लड़कियां अपनी उस डिम्पल की तरफ ध्यान खींच सकती है जिसपर शायद लोगों ठीक से नज़र नही पड़ी। एक छोटे से फोन मे पूरा विश्व समाया हुआ है। परिणाम- अपनों और परायों के बीच की रेखाएं धुंधली पड़ने लगी हैं। लोग अपने सुख, दुख, विचार, कामनाएं अपनो से भले ही न बांटे लेकिन इंटरनेट पर अनजानों से तसल्ली से बांट लेते हैं। इस प्रकार स्मार्ट फोन केवल मानसिक और बौद्धिक स्तर पर ही नही बल्कि गहरे भावनात्मक स्तर पर समाज की जगह लेता चला जा रहा है। असल वर्चुअल मे, वास्तव प्रतिबिंबों मे खोता चला जा रहा है। बिंबों, प्रतिबिंबों, सच और झूठ को जटिल ताने-बाने मे बुनता यह इंटरनेट का

६४

मायाजाल ही नया यथार्थ है, आज का समाज है, कल का ब्रह्माण्ड है।

लेकिन बीच-बीच मे देविका का सम्मोहन टूट भी जाता था। खास तौर से जब हवाई अड्डे के अंदर बैठ कर इंतज़ार करते उसकी नजर किसी उससे ज्यादा सजी-धजी लड़की पर जाती। उसे देख वह मुंह बनाने लगती। हुंह, इतना कौन तैयार होता है। कोई शादी मे थोड़ी न जा रहे हो। सिंपल रहना चाहिए। देविका खुद आनन फानन मे तैयार होकर आयी थी। अपनी टीका-टिप्पणी इतनी ही जोर से बुदबुदाती की बस सिद्धार्थ ही सुन सकता था।

हुँह! यह क्या कलर है। लिपिस्टिक कहाँ से लगाना सीखा!

पता नही, जब इन्हे हाई हील मे चलना नही आता तो पहनती ही क्यों हैं।

इतनी अजीबोगरीब बातें सुनकर सिद्धार्थ का दिमाग सुन्न हो चुका था ।

इतनी देर मे एक लंबी गोरी युवती वहाँ पर आकर खड़ी हुई। शायद किसी का इंतज़ार कर रही थी। ऊँची कमर वाली नीली टाईट जींसं, बिना स्ट्रेप वाली टॉप और गाढ़े भूरे रंग का बिलौटी आंखों वाला

धूप का चश्मा पहने किसी मॉडल सी लग रही थी। आस-पास के कुछ पुरुषों के पेट थोड़े-थोड़े अंदर खिंच गए। लेकिन बाकी पुरुष उतने आत्म संकोची नही थे। सरे आम अपनी फटी एक्स-रे आँखों से किसी भी स्त्री के शरीर का गहरा नीरीक्षण करने मे उन्हे कुछ भी असहज नही लगता था। ये जोहरी उसके वक्षों से नितंबों की ऊंचाइयों और गहराइयों का सुहाना सफर बेहिचक बार-बार तय करते रहे।

पता है मेरे पास इससे भी अच्छी ड्रेस है। देविका बोली।
सच्ची! रियली! तो तुमने पहनी क्यो नही?

सोचा पता नही आपको कैसा लगेगा।

मुझे क्या तुम जो भी पहनो, बस इज्जत रख लेना ।

किसी खास मौके पर पहनूँगी।

ऐसा मौका कभी नही आएगा। सिद्दार्थ गंभीरता से
बोला। मैने अपने जीवन मे यही सीखा है कि वर्तमान ही
सत्य है। बाकी सब ख़्याल है। हर दिन महत्वपूर्ण है। हर
दिन गुज़रने पर तुम्हारी उम्र एक दिन बढ़ जाएगी। अच्छी
तरह तैयार होना है तो आज ही। अगर सुंदर दिखना है तो
आज ही। किसी मौके का इंतज़ार मत करो। कल हो न हो!
सिद्दार्थ बिना रुके बोलता रहा। सुंदर दिखने के लिए भी
तो मेहनत करनी पड़ती है। ज्यादा मेकअप घटिया लगता
है, पर हल्का मेकअप यह दिखलाता है कि आप अपने प्रति
जागरूक हैं। उस लड़की ने अपने आप को अच्छा दिखाने
की मेहनत की है। और कुछ आलसी लड़कियां बस अपने
बिस्तर से उठकर आ गईं। अब वे इस लड़की से जल रही
हैं और सादगी का ढोंग कर रही हैं। हमारी सेना मे यह
सिखाते हैं कि हमारा टर्न-आउट यानी की पहनावा हमेशा
अच्छा और शालीन होना चाहिए। क्योंकि जब हम बाहर
समाज मे निकलते हैं तो लोग सबसे पहले हमे हमारे
पहनावे से तोलते हैं फिर व्यवहार से। और फिर हमारे पास
कोई सुदर्शन चक्र तो है नही कि लोग देखते ही हमें
भगवान मानने लगें। फटे, मैले कपड़े पहनने मे कोई
महानता नही, कोई सादगी नही। मंहगे चमकदार कपड़े
नही पर शालीन और साफ कपड़े पहनो। भगवान ने हमें

जो शरीर, शक्ल और अक्ल दिया है इसका ध्यान रखना हमारा दायित्व है।

वाउ! थैंक्स! अच्छा लेक्चर दिये। मोटिवेसन भी दिया। यूट्यूब चैनल क्यों नही खोल लेते। चलें? लोग प्लेन मे बैठना शुरू हो गये।

देविका और लेक्चर नही सुनना चाहती थी, सिद्दार्थ के मूड का आकलन करती रही और सोचती रही कि किस बात पर बात करे।

पता है, कैट की शादी हो गई।

कैट? अभी तक तो लोग कुत्तों की शादी करते थे, अब बिल्लियों की भी शादी होने लगी?

अरे कैटरीना क़ैफ भैये। हिरोईन। फिलिम-विलिम नही देखते क्या?

देविका ने सिद्दार्थ को जवाब देने का मौका नही दिया। पता है सुकेश को राधिका ने फँसा लिया और सुलोचना को जेल भी हो गई। ऊँह और अब उसको जेल जाना पड़ेगा। उसका एक छोटा बच्चा भी है। उसका क्या होगा!

हूँ, तो हम उनकी कैसे मदद कर सकते हैं?

देविका ने हाथ जोड़े और कहा, मै सीरियल की बात कर रही हूँ खैर अभी छोड़ो, अभी प्लेन उड़ने वाला है और इस समय हमारे पेट मे बहुत डर लगता है। चुपचाप बैठो।

उड़ान भरने कुछ देर बाद हवाई जहाज अपनी ऊँचाई पर स्थिर उड़ने लगा ।

अभी तुम वहाँ पहुंचोगी तो जो भी तुम्हारा अभिवादन करें उन सभी से बहुत विनम्रता ने मिलना। सिद्दार्थ ने कहा।

नही ! मै तो बहुत गुस्से से मिलूँगी।

तुम्हारी वाईनिंग इन भी होगी ।

मगर मैं शराब नही पीती।

अरे जब कोई अफसर शादी कर के आता है तो अफसर मेस मे जो स्वागत भोज रखा जाता है उसे वाइनिंग इन कहते है। इसमे शराब पीना ज़रूरी नही। नॉर्मल, सामान्य पार्टी होगी। और नार्मल यानी सैनिक पार्टियों मे किसी होटल या बार की तरह हो हल्ला हुड़दंग नही मचाया जाता। ये सारी औपचारिक पार्टियाँ होती जिनमे सैनिक परंपराओं के हिसाब से संयमित आचरण करना पड़ता है। आम मेलजोल, बातचीत बस। समझ लो यह भी एक ड्यूटी का हिस्सा ही है। और तुम्हे इंट्रोडक्शन देना पड़ेगा।

किसका?

अपना।

मतलब?

मतलब अपने बारे मे बताना पड़ेगा।

जैसे?

जैसे कि तुम कौन हो।

मै देविका हूँ...

और तुम कितना पढ़ी हो।

हम ग्रेजुएट है पर पढ़े नही। लेकिन माँ-बाप ने कोशिश बहुत की। देविका ने फक्र से ऐलान किया और दांत फाड़ने लगी।

सिद्धार्थ अपनी गंभीर मुद्रा मे बोला, अब तुम एक एक आर्मी अफसर की पत्नी हो। एक आर्मी अफसर की पत्नी

को बहुत दृढ़, सबल और आत्मनिर्भर होना पड़ता है। क्योंकि कभी भी मेरी फील्ड पोस्टिंग आ जाएगी...

कब आएगी?

आ जाएगी। या किसी भी सैनिक कार्यवाही मे मुझे चोट भी लग सकती है या मेरी मृत्यु भी हो सकती है। तो तुम्हे सब काम अपने आप करने की आदत होनी चाहिए। घर का और बाहर का काम दोनों।

अरे तुम मेरी चिंता मत करो। मेरी दादी और पापा सब संभाल लेंगे। देविका ने बड़े आत्मविशवास से कहा।

अभी सिद्धार्थ के सर मे थोड़ा-थोड़ा दर्द होने लगा था। उसने चुप रहना ही ठीक समझा। कुछ देर बाद कुछ याद आया और बोला। अभी हम कुछ दिन गेस्ट रूम मे रहेंगे। फिर हमें अपना घर मिल जाएगा।

और हम वापस कब आएंगे ?

मोबाईल की तरफ आँखें गढ़ाए देविका की नज़रे सहज ही कार के बाहर चली गईं। यह तो कोई और ही दुनिया थी! शहरी शोर-गुल, धूल-धक्कड़ से दूर, सड़क के किनारों पर हरे घने लंबे लहलहाते पेड़ों की श्रंखला, जैसे उंचे ऊंचे देवात्माएं उसके स्वागत में कतार बना कर खड़ी हों। सर्दी की धूप चाँदी की तरह पत्तों पर बरस रही थी। आसमान स्याह नही नीला था, इमारातों मे सिकुड़ा नही, खुला था, हवा, ठंडी थी, शुद्द थी।

बड़े-बडे खाली मैदानों मे सिपाही ट्रेनिंग कर रहे थे। जिप्सी खाली रस्ते पर हवा को चीरती फर्राटा चली जा रही थी। गुज़रते सैनिक सैल्यूट कर रहे थे। आगे सिद्धार्थ

ड्राईवर के बगल मे बैठा था। सिविल कपड़ो मे था इसलिए सैल्यूट नही कर सकता था। सिर हिला कर उनका अभिवादन स्वीकार कर रहा था। लेकिन देविका शान से सबको सैल्यूट कर रही थी। सिद्धार्थ ने अपने भावहीन चेहरे से पीछे देखा और देविका को सैल्यूट न करने का इशारा किया।

गाड़ी अफसर मेस मे आकर रुकी।

जय हिंद साहब! दोनो सिपाहियों ने जोर से सैलूट किया। नमस्ते मेमसाब!

जय हिंद माखन! जय हिंद राघव! क्या हाल हैं। सिद्दार्थ ने कहा।

ठीक है साब!

देविका ने सभी को थोड़ा झुककर नमस्कार किया।

तभी सुबेदार वरियाम सिंह, सुबेदार एडजूटेंट साहब पीछे से आया। वेलकम साहब, शादी मुबारक हो। साहब जल्दी आ गये छुट्टी से?

सिद्दार्थ थोड़ा अकबका गया। सवाल अपेक्षित नही था।

साहब सभी फायरिंग पर गये हुए हैं, कुछ दिन मे आ जाएंगे। आपको यहाँ रियर संभालने के लिए बोला है।

अच्छा अच्छा, ठीक है।

चलो चलो! साहब का सामान गेस्ट रूम नम्बर दो मे रख दो। सुबेदार वरियाम ने पीछे खड़े दोनो

सिपाहीयों को इशारा किया। सिपाही सामान उठा कर तरतीबवार अंदर रखने लगे मानो पहले से अभ्यास कर रखा हो।

मै तैयार हो जाता हूँ, तब तक तुम अपना सामान लगा लो। फिर तुम तैयार हो जाना। फिर खाना खाएँगे। कहकर सिद्दार्थ अंदर वाले कमरे मे चला गया।

देविका पर आदेशों की बरसात हो रही थी। सब कुछ मशीन की तरह चल रहा था।

मेमसाब चाय। माखन ने चाय की ट्रे आगे बढ़ायी।

देविका ने चाय ली।

मेमसाब मेन्यू?

हाँ लाओ   देविका की आँखें जगमगा उठी।

माखन खड़ा देखता रहा फिर बोला, मतलब मेमसाहब खाने मे क्या खाना है?

ओ, ओ, ओ! एक फुल तंदूरी चिकन, मटन कोरमा, और और और   बिरयानी... नही ज्यादा हो जाएगा, ओके बटर नान, दो और मक्खन दोनो साईड लगाना प्लीज।

माखन थोड़ा हिचकिचाया बोला, मेमसाहब! साब!

एक मिनट! मै पूछ कर आयी

देविका तेज़ कदमो से अंदर गयी, सिद्धार्थ बाथरूम मे था। बाथरूम का दरवाज़ा खटखटाया फिर सोचा कि कैसे बुलाऊँ, ओ हेल्लो! हेलो! हलू!

बाथरूम के अंदर नल बंद हो गया, तुम कुछ बोल रही हो क्या? सिद्दार्थ की अंदर से आवाज़ आयी।

हाँ! वो तुम लंच मे क्या खाओगे? वो है न बंदा, मख्खन, वो पूछ रहा है।

अरे उसे मालूम है मै क्या खाता हूँ.....कुछ भी वेज। वेज!... ...   . वेज! ... ... वेज! आकाशवाणी हुई।

आसमान फट पड़ा। कड़ाक!! और एक करोड़ वोल्ट कि बिजली गिरी। हिंद महासागर मे दूर कहीं लहरों की आसमान छूती सुनामी उठी और देविका के सिर पर आकर टूट पड़ी। भाड़!!!

देविका को लगा उसके दिमाग की नस फट गयी। सन्न होकर वह सोफे पर गिर पड़ी।

आ आ आ आ आ आ! गेस्ट रूम के बाहर, थोड़ा दूर, देविका फोन पर गला फाड़-फाड़ कर रो रही थी। मै लुट गयी, बर्बाद हो गयी। दादी तुमने मेरी ज़िंदगी बर्बाद कर दी। देविका मोबाईल पर चिंघाड़ते हुए बोली। तुम ने कम से कम ये तो चेक किया होता। ये तो बेसिक है यार! दादी तुमने मुझे धोखा दिया। भगवान देख रहा है। वैसे भी तुम बुढ़ा रही हो। भगवान तुम्हे कभी माफ नही करेगा, स्वर्ग मे पनीर मे उबालेगा।

शट अप हो जा! थोड़ा अडजस्ट कर! पहली बात तो मुझे खुद नही मालूम था कि वो शाकाहारी है। बंगाली कहाँ से शाकाहारी होगा? यह बात तो उठी ही नही। चेक कर ले मछली तो खाता होगा।

दादी आई विल नेवर फॉरगिव यू!

अरे सुन! वेज मे भी तो अच्छा खाना बनता है बेटा! पनीर है, मशरूम है, गोभी है और ... और पनीर है और लोबीया है और पनीर है, कढ़ी है... करेला है..

करेला! आक थू!

अरे भरा करेला बहुत स्वादिष्ट होता है! तूने कभी खाया ही नही।

दादी जब तुम तीनो नर्क में जाओगे तो तुम्हारा भरा करेला बनेगा। सिसकियाँ लेती देविका ने फोन काट दिया।

सिद्धार्थ तैयार हो चुका था और खिड़की पर खड़ा से बाहर देख रहा था। कुछ देर बाद देविका वापिस आयी। सिद्दार्थ को अचानक देख देविका सकपका गई। सिर झुका कर अंदर जाने लगी कि तभी सिद्दार्थ बोला।

सुनो... ... मेरी तरफ से तुम्हारे खाने पर कोई रोक टोक नही है।   मै शाकाहारी हूँ मगर अपनी इच्छा से हूँ। इसके पीछे कोई धार्मिक कारण नही है। एक सैनिक होने के नाते मै जीवन का महत्व समझता हूँ। इसलिए मै माँसाहार नही खाता।

पर मै अपने उसूल तुमपर थोपना नही चाहता। तुम चाहो तो नॉन वेज खा सकती हो।

देखो! तुम तो बंगाली हो न? फौजी हो न? बंगाली और फौजी तो नॉन वेज खाते हैं?

ज़रूरी तो नही।

मछली? देविका बोली।

नही।

अंडे?

नो।

मुझे यह सब खाना बस अच्छा नही लगता। मगर तुम्हे जो खाना है खाओ। कहकर सिद्धार्थ अंदर चला गया।

भैया... ... देविका ने दबी आवाज़ मे कहा।   नॉन वेज मिलेगा न?

जी मेमसाब! मिलेगा न। माखन बोला

सॉसेज? सलामी? अंडे? और चिकन लॉलीपाप?

मेम साब इतना सब एक साथ?

अच्छा भैया अंडे तो मिल जाएंगे?

हाँ जी मेम साहब। कितने?

हम्म्म् ऐसा करो, दो ले आओ। उबाल कर।

ठीक है मेमसाहब।

ठीक है।

माखन जाने लगा। देविका ने पीछे मुड़कर देखा कहीं सिद्धार्थ आस पास तो नही, ठीक है भैया ज्यादा कम नही चार ले आओ।

अच्छी ठीक है चार।

भूख के घोड़े पेट मे दड़भग दड़भग भाग रहे थे। देविका पालथी मार कर डाईनिंग चेयर पर बैठ गयी।

हेल्लो! खाना आ गया।

देविका किसी भूखे भेड़िये की तरह नाश्ते पर टूट पड़ी। इतनी देर मे सिद्धार्थ टेबल पर आकर बैठा। सिद्दार्थ ने देविका को देखा। देविका ने सिद्धार्थ को देखा। देविका ने अपने पैर नीचे कर लिए। सिद्धार्थ चम्मच से दलिया खाने लगा।

फिर माखन ने देविका को देखा, फिर सिद्धार्थ को देखा, मुस्कुराया और बोला जय हिंद साब!

मुँह पर हाथ रख किसी तरह अपनी हँसी घोटते हुए माखन बाहर निकला और गेस्ट रूम से थोड़ी दूर जाकर ठहाका लगाया, अब आएगा मज्हा हा हा ही ही ही!!

आज रात मेस मे आनंद का माहौल था। सिद्दार्थ के कठोर अनुशासन के मारों की तो मानो बरसों के दिल की मुराद पूरी हो गई। मेस के सारे कर्मचारी एक साथ ईकठ्ठा थे। उनकी चर्चा का सार यही था 'अब देखेंगे तुम्हारा अनुशासन एडज़ूटेंट साहब'। थोड़ी देर मे चर्चा आमोद-प्रमोद मे बदल गयी। गाना बजने लगा, 'टेक इट ईज़ी उर्वशी'। कुछ ने मौका देख एक दो पेग भी मार लिए। कुछ डांस भी कर रहे थे। अंधेरे सन्नाटे मे गूँजती ठहाकों की आवाज़ गेस्ट रूम की खिड़की पर खड़े के सिद्धार्थ के कानो के परदों को पिघला रही थी।

सुबह साढ़े पाँच बजे सिद्धार्थ ने पी.टी पर जाने के लिए लाइट जलाई।

साढ़े पाँच बजे की सुबह तो देविका ने अपने जिंदगी मे नही देखी थी। उसे कहाँ होश था। नींद मे बुदबुदायी। हुँह रात हो गयी ... सो जाओ ... सो जाओ। सिद्धार्थ ने हताशा से सिर हिलाया और पी.टी परेड के लिए चला गया।

जब साढ़े सात बजे वापिस आया तब भी देविका की नींद जोरों पर थी, और जब आफिस जाने के लिए तैयार

हुआ तब तो देविका खर्राटे भी मार रही थी। सोचा कि जगा दे पर लगता तो नही था कि वो उठेगी। उसने थोड़ा सख्त आवाज़ मे कहा। देविका ब्रेकफास्ट आ गया, उठ जाओ। देविका ने एक करवट ली... ... रेंगती हुई बिस्तर से उतरी और बाथरूम मे घुस गई। सिद्धार्थ देखता रहा।

ब्रेकफास्ट टेबल पर दोनो बैठे थे। एक तरफ सिद्धार्थ - साफ, सुवस्त्रित, सुव्यवस्थित। दूसरी तरफ देविका - मानो 'जानी दुश्मन' अपना मेकअप उतारना भूल गया हो।

सिद्दार्थ ने गिलास मे दूध लिया और फिर ब्रेड पर मक्खन लगाने लगा।

तुमने तो आज श्री देवी को भी पीछे छोड़ दिया।

श्री देवी?

हाँ 'नगीना' फिल्म मे थी न वो?

मतलब?

जैसे तुम रेंग के बाथरूम मे गयी न, तुम्हे उस फिल्म मे काम करना चाहिये था। नागिन का रोल तुम्हे बिलकुल सूट करता।

देविका की आँख अभी पूरी खुली नही थी। सिद्दार्थ के कहने का अर्थ क्या है उसे अहसास ही नही हुआ। उसने एक उबला अंडा उठाकर अपने प्लेट में रखा। नमक छिड़ककर पूरा अंडा ठूंसने ही जा रही थी कि तभी लगा कोई उसे घूर रहा है।

ओ माखन!

थोड़ी शर्म आई, थोड़ा गुस्सा। पीठ पीछे मज़ाक उड़ाएगा कि मेमसाहब को तो ठीक से खाना भी नही आता, हुँह।

देविका ने टेबल पर इधर उधर चाकू ढूंढा पर मिला नही। आदतन लापरवाही से उसने अपने सामने रखा स्टील का चमकता चम्मच उठाया और चम्मच से अंडे को काटने की कोशिश की। लेकिन जब एक चिकनी सतह दूसरी चिकनी सतह से घिसती है, तो रुकती नही, फिसल जाती है। चम्मच की गोल चिकनी सतह जब अंडे की गोल चिकनी सतह घिसी, तो रुकी नही, फिसल गयी। चम्मच फिसला तो अंडा भी फिसल गया और ओलंपिक के अंग्रेज़ गोताखोर की तरह हवा मे उछल पडा। यह देख देविका और माखन दोनो के मुंह से निकला 'ना... ...ही...'। पर अंडे ने एक न सुनी और कलाबाजियाँ खाता हुआ कमबख़्त सीधा सिद्धार्थ के दूध के गिलास मे कूद गया। दूध के छींटें, ज्वालामुखी के लावे की तरह फूटे और सिद्धार्थ की वर्दी पर फैल गये।

देविका की नींद खुल गई। आँखे ऐसे फैल गयीं जैसे कोई डरावना सपना देखा हो। लेकिन ये सपना नही सच था। माखन उसी शरारती मुस्कुराहट से सब देख रहा था। सिद्धार्थ का चेहरा भावशून्य हो गया। कुछ देर तक वह खामोश बैठा रहा। फिर अंदर अपनी यूनिफॉर्म बदलने चला गया।

८

सिद्दार्थ बटालियन के लगेज स्टोर मे देविका को अपना घरेलू सामान दिखाने के लिये लाया था।

घर मिल गया है। मगर मुझे अगले हफ्ते फायरिंग के लिए बाहर जाना पड़ेगा। घर का ज्यादातर सामान मैने शादी ठीक होते ही खरीद लिया था। ये है हमारा पूरा सामान, यहाँ से वहाँ तक रखे सारे बक्से। सिद्दार्थ ने इशारा किया। तुम बस परदे और राशन खरीद लेना। मेरे आते ही हमलोग अपने घर मे चल कर रहेंगे। उससे पहले तुम अपने हिसाब से ये सामान घर मे सेट कर लेना। चलो मै तुम्हे घर दिखा देता हूं।

थोड़ी देर बाद गाड़ी अफसर कॉलोनी के एक घर के सामने आकर रुकी। घर भूतल पर था।

ये घर मिला है।

दोनो घर के अंदर आये। देविका ने पहली बार कोई घर खाली देखा था। ज़िंदगी मे कभी ऐसा मौका पहले नही मिला। इसी घर मे उसको पूरा सामान लगाने कि ज़िम्मेदारी दी गयी थी। वह पूरे घर को

जाँचने लगी। योजनाएं बनाने लगी। कौन सा सामान किधर लगाना है।

घर के अंदर एक हॉल और दो शयनकक्ष थे। हॉल काफी बड़ा था जिसमे आगे की तरफ बैठक और पीछे की तरफ खान-पान की जगह थी। अंदर के दोनो बेडरूम भी अच्छे खासे बड़े थे। रसोई मे भी काफी जगह थी और वहाँ काम काज करने वालों के लिए पीछे से घर के अंदर आने-जाने का एक दरवाज़ा भी था। घर के पिछली तरफ आँगन और आगे की तरफ एक आयाताकार बगीचा था। बगीचे के चारो अशोक के पेड़ लगे थे जिनमे से भीनी धूप छन के क्यारियों के फूल-पौधों पर पड़ रही थी। शहरी फ्लैटों के विपरीत यहाँ पूरा वातावरण खुला, हरित और ताज़ा था। लेकिन देविका चिंतित थी।

सिद्धार्थ ने उसे देखा, कुछ सोचा, फिर बोला।

वैसे ऐसी कोई परेशानी की बात नही और कोई जल्दी भी नही। जितना तुम कर सकती हो करो। ठीक है? सिद्दार्थ जवाब के लिए नही रुका और बोलता रहा। कुछ बंदे आ जाएँगे। तुम उनको जैसा बताओगी वैसे ही सामान लगा देंगे। कुछ कमी होगी तो जब मै आ जाउँगा तब पूरा कर लेंगे। बस तुम परदे ले लेना। मै ज्यादा दिन मेस मे नही रहना चाहता। जितना जल्दी अपने घर मे चलें उतना अच्छा।

देविका चुप रही।

मेमसाहब कौन सा सामान कित्थे रखना है? एक सैनिक ने पूछा। बाकी अन्य सैनिक पीछे खड़े आदेशों का इंतज़ार कर रहे थे।

देविका देविका थोड़ा सकपकाई। फोन लेकर थोड़ा दूर चली गयी और कॉल लगाया।

मम्मी क्या करूँ?   रुआँसी देविका वीडियो कॉल पर बोली ।

जब मै बोलती थी तब सुनती थी तू? अब रो रही है। अरे एक-एक कर के सामान निकाल मै बताती हूँ।

माँ बताती रही सामान खुलता रहा और फैल कर पूरे घर मे भर गया। घर और देविका दोनो पूरी तरीके से अस्तव्यस्त हो गये। हर बीतते घंटे सिद्दार्थ के आने के डर बढ़ता चला जा रहा था। आज तक कभी ध्यान ही नही आया कि घर मे क्या-क्या सामान होता है। उसके घर मे तो सामान हमेशा से था। वह जहाँ था वहाँ कहाँ से आया, किसने खरीदा उसने कभी इस बात पर ध्यान ही नही दिया। और यहाँ...यहाँ तो पूरा घर ही लगाने को बोल दिया। इतना जुल्म!

नहीं मम्मी! यहाँ लगाना ठीक नही रहेगा। वहाँ देखते हैं।

पूरा दिन जवान भारी सोफे-अलमारी एक कमरे से दूसरे कमरे मे खिसकाते रहे। देविका का वीडियो कान्फ्रेंस दो दिन तक चलता रहा। बार-बार सामान इधर से उधर करते-करते सबके कमर-कंधे इधर से उधर हो गये पर घर वैसे ही फैला पड़ा रहा। वीड़ियो कॉल से ऐसे काम कहाँ निपटते हैं।

सुबेदार वरियाम चुपचाप ये सारा तमाशा देखते रहे। तीसरे दिन उन्होने बड़ी विनम्रता से देविका से पूछा, मेमसाब आज आप खाना मेस मे खाने कब जाएंगी?

हाँ जाना तो है... ठीक है, मैं लंच करके आती हूँ आप लोग इधर ही रहना, ठीक है? अभी बहुत काम करना है।

ठीक है मेमसाब! सभी ने एक साथ कहा।

मेमसाहब के जाते ही सुबेदार वरियाम सिंह पीछे मुड़े और बोले अब मैं जैसे बताउंगा वैसे काम होगा, रोजर?

रोजर साब! सारे जवान एकाएक चुस्त हो गए।

ओ.के रेडी! स्टार्ट।

सिद्धार्थ नही था। लंच हो या डिनर, देविका मन लगा कर रोज़ चिकन खाती थी। आज की दिन भी कोई अलग नही था। उसने तंदूरी चिकन ऐसे पकड़ रखा था मानो उड़ कर भाग जाएगा। खाने के बाद देविका एक लम्बी जम्हाई ली और घड़ी देखी। अभी तो पाँच मिनट हैं, सोचकर सोफे पर लेट गई।

शाम ढल चुकी थी। अचानक जब सिद्धार्थ का चेहरा सपने में आया तो देविका घबरा कर उठी। गाड़ी बाहर ही खड़ी थी। आनन फानन में तैयार हुई और काम पर रवाना हुई।

घर पहुँची तो बाहर कोई सामान पड़ा न देखकर घबरा गई। तेज कदमों से अंदर पहुँची तो वरियाम सिंह ने बड़े गर्व से उसका अभिवादन किया, नमस्ते मेमसाब!

पूरे घर का सामान अपनी जगह स्थापित हो चुका था। दो जवान बाकी छोटी-मोटी चीज़ें अपनी जगह लगा रहे थे। बाकी बची-कुची साफ सफाई कर रहे थे।

अरे ये तो आपने....

जी मेमसाब जैसा आपने बताया वैसे ही सामान लगा दिया।

हाँ हाँ! ठीक है! ठीक है गुड साहब। बाकी मैं खुद कर लूंगी।

मेमसाब परदे भी हैं क्या?

अरे वही तो सरप्राईज़ है !

दोपहर ढ़ल रही थी। आसपास की ज़मीन से थोड़ा उठे हुए खुले मैदान में कुछ सैनिक सुस्ता रहे थे। सभी की वर्दी पसीने से भीगी थी। तभी थोड़ी दूर से एक फौजी जिप्सी मे वहाँ आती दिखी। सभी जवान उठ के बैठ गये फिर खड़े हो गये और फिर सावधान।

हाँ साहब क्या हो रहा है। सिद्दार्थ ने जिप्सी से उतरते ही पूछा।

क क कुछ नही साब। अभी बीस कि.मि रूट मार्च से आ रहे हैं।

तो?

तो...सोचा...थोड़ा... यहाँ पाँच मिनट के लिए ठहरे थे। सेक्शन जे.सी.ओ ने जवाब दिया

अच्छा, अच्छा, ठीक है। और कैसी चल रही है एक्सरसाईज़ साहब?

अच्छी साहब! बहुत कुछ सीखने को मिल रहा है।

साहब सीखे हैं तो ये बताईए कि अभी आप, जैसे बीस कि.मि चल के आ रहे हैं, लेकिन अभी भी एक्सरसाईज़ के दुश्मन के इलाके मे हैं, ठीक है?

ठीक है साहब! सेक्शन जे.सी.ओ को भनक लग गयी कि कहीं से कोई उड़ता तीर के उनकी तरफ तेजी से चल पड़ा है।

हाँ तो भले ही आप बीस कि.मी चले हों दुश्मन को आपकी लोकेशन का पता चल गया तो आपके उपर तोपखाने का फायर भी आ सकता है, कि नही?

जी साब! सेक्शन जे.सी.ओ की आवाज़ मे व्याकुलता की हल्की कंपकंपी थी।

तो ऐसे हालात मे क्या आप और आप का सेक्शन यहाँ पर 'थोड़ा' सा विश्राम कर सकते हैं?

नही साहब! सेक्शन जे.सी.ओ ने हथियार डाल दिये।

मान लीजिए कुछ कारणों से आपको रुकना पड़ भी गया, जैसे किसी को कोई चोट वगैरह लग गई, तो जगह चुनते वक्त आप किन बातों का ध्यान रखेंगे?

वह गिड़गिड़ाते हुए बोला। स... स स साहब जगह छुपाव मे होनी चाहिए। अअ और... और सभी जवान फायर पोजिशन लललललेंगे।

तो क्या यह जगह छुपाव मे है?

नही साहब।

आपके जवानो ने फायर पोजीशन लिया है? देखिये पीछे!

न् न्...नही साहब।

तो आप ऐसा करिए यहाँ से दस किमी आगे जाइए। वहाँ जंगल इलाका है जो आपका पहला बाउंड था और आपने वहाँ पहुँच कर ही रुकना था। पर आपने आदेश

शायद ठीक से सुने नही। कोई बात नही, आप वहाँ जायें और मुझे रिपोर्ट करें।

ठीक है साब!

सिद्धार्थ अपनी जीप मे बैठने के लिए आगे बढ़ा।

सभी जवानों ने अपना-अपना हथियार और पिठ्ठू संभाला और चलने के लिये तैयार हुए।

तभी सिद्धार्थ पिछे मुड़ा! अच्छा एक बात और!

आदेश के हिसाब से आपको वहाँ सत्रह सौ तीस आवर्स (शाम साढ़े पाँच बजे) तक पहुँचना था और अभी सोलह सौ तीस आवर्स (शाम के चार बजकर तीस मिनट) हो चुके हैं। आप अपने सेक्शन सहित मुझे वहाँ पर ठीक सत्रह सौ तीस आवर्स पर ही मिलेंगे। कोई शक!

नही साहब!

नाउ मूव!

एक सिपाही ने अपना पिठ्ठू लादते हुए कहा, साडी किस्मत ही माढ़ी है। ए ही मिलणा था एत्थे।

साहब किसी को बैठा नही देख सकते।

ओ लगता है साहब फिर से आ रहे है! ओ भागो!

अगली सुबह फायरिंग और एक्सरसाईज ख़त्म होनी थी। पहली बार सिद्दार्थ को वापिस जाना था। किसी के पास। पहली बार मन मे एक अलग सी उम्मीद की आहट हुई। जिप्सी सड़क से उतर गयी, एक कच्ची पगडंडी पर अंदर चल पड़ी। कुछ देर बाद, कुछ दूर पर, एक अकेला निद्रामयी तालाब भीनी हवा मे कलकल कर रहा था। किनारे एक शांत पीपल उसपर झुका था। उसके नीचे एक

गोल चबूतरा। ठंडा, निर्मल एकांत। नारंगी होते आसमान मे एक अकेला बगुला पश्चिम जाते सूरज की अंतिम किरणों को पकड़ने चला जा रहा था। मानो एक कठोर बंद द्वार के बीच से किसी आँख ने झांका। रंग रंजित अंबर प्रतिबिंबित चित, स्पंदित, स्फुटित, पुलकित, ध्वनित गा उठा।

आत्मविश्वास से भरी देविका परेड कमाँडर की तरह दरवाज़े पर खड़ी थी। सिद्धार्थ का उसको बड़ी देर से इंतज़ार था। थोड़ी दूर सिद्दार्थ की जिप्सी आती दिखाई दी।

आज पता लगेगा कि चीज़ क्या हैं हम।

कैसी हो? सिद्दार्थ ने गाड़ी से उतरते ही पूछा।

आई एम बिलकुल फाइन!

कोई परेशानी तो नही हुई?

कैसी परेशानी!

लाल परदों के झटकते स्वागत से सिद्दार्थ को ज़ोर का झटका लगा। लेकिन अपनी प्रकृति अनुसार उसने अपनी भावनाओं को अपने चेहरे से प्रकट न होने दिया। देविका को संतुष्ट करने के लिए ध्यान से हर चीज़ का मुयाइना करता रहा।

वाह! तुमने तो कमाल कर दिया। मैने तो इतना सोचा भी नही था।

ये तो बहुत मामूली काम था! देविका ने बड़ी बेपरवाही से कहा।

सिद्धार्थ अपने कमरे मे घुसा। ये मेरा कमरा है? मेरा कमरा तो और भी लाल... सर के दाहिने तरफ फिर से दर्द उठा। सिद्दार्थ पीछे मुड़ा और मुस्कुरा दिया।

टेबल पर रात का खाना लगा हुआ था।
ये कितने लोगों का खाना है?
दो लोगों का।
इतने मे तो पूरी बारात खा लेगी।
सिद्धार्थ ने मुँह खाना डाला। उसके माथे पर हल्के पसीने के बूंदें आने लगीं। थोड़ा पानी... पानी देना।
उसने गटागट पानी पिया और फिर बोला, खाना अच्छा बना है मगर मैं मसाले थोड़ा कम खाता हूँ। कल से थोड़ा कम मसाले डालना, प्लीज़।
थोड़ा और लो न। मैंने इतनी मेहनत की है बनाने मे।
और कल से मेहनत भी थोड़ा कम करना।

अपना मूड खराब मत करो। सिद्दार्थ ने हाथ धोने के बाद पोंछते हुए कहा। तुम चाहती तो होम डिलिवरी भी करवा सकती थी। फिर भी तुमने अपने हाथ से मेरे लिए खाना बनाया। मुझे लगता है थोड़ा और दो-एक दिन प्रेक्टिस कर लोगी तो मेरे स्वाद का पता लग जाएगा। यह सुनकर देविका का चेहरा चार साल के बच्चे की तरह खिल गया।
इतनी मासूम हंसी सिद्दार्थ ने पहली बार देखी थी। उसके चेहरे पर भी एक अचंभित सी मुस्कुराहट फैल गयी।

तुम्हारी हॉबीज़ क्या हैं सिद्धार्थ ने पूछा...मतलब शौक?

सोन....मतलब म्यूज़िक, म्यूज़िक!

अच्छा! मुझे भी संगीत बहुत पसंद है ।

अच्छा तो फिर तुम मुझे अपना सबसे पसंदीदा गाना सुनाओ। देविका ने अपना मोबाईल आगे करते हुए कहा। परंतु सिद्धार्थ को जो पसंद था वह गाना नही गायन था। मोबाईल पर पंडित भीम सेन जोशी का राग दरबारी चल पड़ा। आआआआलाप के साथ ही देविका ने एक लम्बी जम्हाई भरी। नींद से उसकी आँखें बंद होने लगी। सिद्धार्थ को कुछ अहसास हुआ। लगता है तुम बोर हो रही हो। चलो तुम अपना सबसे पसंदीदा गाना चलाओ, लो।

अरे मेरी पसंद तो बदलती रहती है।

अरे तो अभी क्या है सबसे पसंदीदा? वही सुना दो।

अच्छा इस गाने की बीट सुनना....इतनी सही है न?

'बादाम बादाम ऐ दादा काचा बादाम

आमार काचे नाईगो बूलू भाजा बादाम

आमार काचे पाईबे सूदू काचा बादाम....'

गाना सुनते सुनते देविका अपनी गर्दन भी मटका रही थी। सिद्धार्थ को अब चार सौ चालीस वोल्ट के झटके खाने की आदत पड़ती जा रही थी। सर मे दाहिनी तरफ फिर दर्द उठा और दिमाग सुन्न हो गया।

मैं अभी आया कह वह वहाँ से उठ भागा।

हाँ साहब, ठीक हूँ साहब।

सिद्धार्थ घर के बाहर फोन पर सूबेदार वरियाम से बातें कर रहा था। बहुत बहुत शुक्रिया आपने..... उसने पीछे देखा कहीं कोई सुन तो नही रहा फिर थोड़ा और आगे जाते हुए धीमी आवाज़ में बोला, हां साहब आपका बहुत-बहुत शुक्रिया आपने मेरा पूरा सामान लगवा दिया। साहब वे जो जवान आए थे उसको मेरा शुक्रिया कहना।

ओके साहब! हाँ ठीक है, सुबह पी.टी है न? ओ के।

आऊऊऊ!

देविका के कमरे की लाईट बुझी हुई थी। टी.वी पर कुछ डरावनी आवाज़ें आ रही थीं। सिद्दार्थ ने तुरंत अंदर आकर लाईट जलाई।

क्या हुआ?

मै डर गयी।

क्यों? किससे?

वो पिक्चर चल रही थी न! पुराना मंदिर

तो देख क्यों रही हो? ....बहरहाल मेरे सोने का टाइम हो रहा है। कल सुबह पीटी जाना है।

ऊँ! मुझे अभी मूवी देखनी है।

फिर मै अपने कमरे मे जा रहा हूं। सिर हिलाते हुए सिद्धार्थ अपने कमरे मे चला गया।

अचानक दीवार पर गुरुदेव रविंद्रनाथ टेगोर की लगी फोटो पर नज़र गयी। पीछे मुड़कर अपनी अलमारी की ओर देखा। मानो उसने अपनी मां को देख लिया हो। शुष्क हृदय

भीतर तक तरल हो गया। प्रार्थी स्वरूप आगे बड़ा और ताक से सबसे किनारे वाली किताब निकाली। 'गीतांजली'। एक लम्बी सांस ली। मानो अब सांस ली हो। मानो अब जागा हो।

९

वापसी के स्वागत-सत्कार का इम्तिहान सफलतापूर्वक समाप्त हुआ। दूसरी सूबह सिद्धार्थ जब पी.टी के लिए गया तब देविका घोड़े बेच कर सोती रही। वापस आया तब भी देविका को होश न था। नाशता मिलने की कोई उम्मीद न लगी तो खुद ही दूध गरम करने के लिए किचन मे गया। मगर वहाँ तो ऐसा लग रहा था मानो भूकंप आया हो। पूरे किचन मे तेल, घी, मसाले और कच्चा-पका खाना फैला पड़ा था। कोई भी सामान अपनी जगह पर नही था। झूठे-साफ बर्तन सब एक साथ पड़े थे। काकरोच और कीड़े इधर उधर फिर रहे थे। न कोई बर्तन मिला न दूध गरम करने के लिए लाईटर। चुपचाप तैयार होकर सिद्दार्थ भूखे पेट ऑफिस चला गया।

ज़रा राघव को बुलाओ। सिद्दार्थ ने ऑफिस के बाहर खड़े सिपाही को आवाज़ लगायी।

वेटर भागा-भागा आया।

राघव अफसर मेस से थोड़े सैंडविच मंगवाना और कॉफी देना।

कॉफी की पहली चुस्की ली ही थी कि एक सिपाही भागा-भागा अंदर आया। साब सी.ओ साब आ गए। बुलाया है। और इस तरह ऑफिस की अफरा तफरी मे कब वक्त

निकला पता ही न चला। तीन दिन तक यही दिनचर्या चलता रहा। चौथे दिन पहली बार सिद्दार्थ ऑफिस मे थकान महसूस हुई। वैसे भी आज वह अपनी कार से ही दफ्तर आया था। सी.ओ से अनुमति लेकर समय से थोड़ा पहले ही ऑफिस से निकल गया।

घर जाते समय सिद्धार्थ काफी तनाव मे था। पता नही आज भी घर मे खाना मिलेगा कि नही। अफसर मेस मे ही खा लेता हूँ। नही ! बाकी आफसर क्या सोचेंगे। घर पर खाना नही मिला क्या? घर मे झगड़ा हो गया क्या? या मेम साहब को कुछ नही बनाना नही आता? इस अपमान से तो भूखा रहना ही अच्छा है।

खाना न मिलने की संभावना भूख और बढ़ा देती है। जब ज़ोरों की भूख लगती है तो वजूद की गहराई मे एक खोखलापन चीखता है जो सुना नही जा सकता पर धँसी हुई आँखों से फूटता है। घर जाते समय उसे रस्ते मे सिर्फ खाने को पोस्टर और दुकाने दिखाई दे रहे थे। उपर से धूप इतनी तेज़ मानो सूखा-अकाल पड़ रहा हो। जैसी मनो-अवस्था वैसी विश्व-व्यवसथा।

गहरा ज़ख्म भर तो जाता हैं लेकिन उसका दर्द अवचेतन मन के गहरे जंगल मे कहीं छुपा रहता है। जैसे ही, वैसी ही मुसीबत की आहट होती है, तो वही दर्द, यादों की उलझी झाड़ियो मे एक सिरहन की तरह गुज़रता है और एक काले भायवह कोबरे की तरह फन खोल कर खड़ा हो जाता है। भूख भी एक दर्द ही तो है। सिद्दार्थ को भूख का दर्द याद था।

एक दुकान से खाने का कुछ सामान खरीदकर सिद्दार्थ अपनी कार मे वापिस आया। कार स्टार्ट की मगर आगे नही बढ़ाई। खाने का रेपर खोला। डेकची का ढक्कन उठाया। खाली था। माँ बिस्तर पर अधमरी पड़ी थी। बाहर निकला। अंधेरे कमरे से चिलचिलाती धूप मे बाहर आया तो आँखें चौंधिया गई। कार धूप मे ही खड़ी थी। बाग मे लगे नल से पानी पिया और बाहर जाने लगा। जाते समय खिड़की से बंगले के अंदर नज़र गयी। रविंद्र बाबू सपरिवार खाना खा रहे थे। प्लेट पर रखी रोटी, चावल, दाल से भाप निकल रही थी। इतनी दूर होने पर भी पता नही कैसे उसे महक आ रही थी। रस्ते पर निकल आया। कुछ दूर एक पेड़ के नीचे ठेला लगा था। ठेले मे लगे तवे पर ठेले वाला पराठे सेंक रहा था। घी लगाता तो और धुआँ उठता। बगल मे कुछ खरीददार खड़े थे। एक आदमी ने पराठे का एक बड़ा सा कौर अपने मुंह मे डाला। सिद्दार्थ कार मे बैठे-बैठे ही मुंह मे पराठे का एक बढ़ा कौर भरा, थोड़ा चबाया और निगल लिया।

घर पहुंचा तो कूकर की सीटी बज रही थी। खाना अभी तक बना नही था। देविका शायद नहा रही थी। उसने कुछ और जानने की ज़रूरत नही समझी। अपने कमरे गया और दरवाज़ा बंद कर लिया।

शाम को कमरे से बाहर निकला। चाय डाईनिंग टेबल पर रखी थी। ठंडी। देविका अपने कमरे की बालकनी मे बैठी थी। सिद्धार्थ ने कप उठाया बालकनी मे गया और कप देविका के मुँह के पास बढ़ाया।

लो पियो।

देविका अकबका गयी। हाथ से कप हटाते हुए बोली, ये क्या है ?

चाय।

देविका ने सिद्धार्थ की तरफ देखा। चेहरा गुस्से से तमतमाया हुआ। जलती आँखें। सिद्दार्थ के अक्सर भावहीन चेहरे पर ऐसे भाव उसने पहली बार देखे थे।

मै पूरे दिन मे घर मे सिर्फ एक कप चाय पीता हूँ, तुम मुझे वो भी गर्म नही पिला सकती? सिद्दार्थ के धैर्य का बाँध आखिरकार टूट गया। जब तुम्हे मालूम है कि मै दो बजे दफ्तर से आ जाता हूं तो तब तक खाना बना के क्यों नही रखती? दिन मे दो बजे नहाने जाने का क्या मतलब है? उपर से तुम्हे ये भी नही मालुम दो लोग कितना खाना खाते हैं। मै शादी शुदा हूँ मे रोज मेस मे जाकर खाना नही खा सकता। लोग पूछेंगे कि ये फैमिली मैन होकर मेस मे क्यों खाना खाता है। तुम समय से मुझे खाना नही दे पाती। मुझे बाहर जाकर उलटा सीधा खाना खाना पड़ता है। उससे मेरी सेहत खराब हो जायेगी। मै सैनिक हूँ। मै सिर्फ डेस्क पर नही फील्ड मे भी काम करता हूँ। ज्यादा मेहनत करनी पड़ती है तो भूख भी जोरों की लगती है। तुम ग्यारह बजे नाशता करती हो तो तुम्हे चार बजे भूख लगती है। मै सात बजे नाशता करता हूँ तो मुझे एक बजे भूख लगती है। पर तुम खाना अपने समय से बनाती हो, अपनी सहूलियत से बनाती हो, अपने हिसाब से बनाती हो। मै क्या करूँ? तुम्हे दूसरे की समस्या समझ मे क्यों नही आती?

देविका सन्न थी। सिर्फ सुनती रही। उसने अपने पिता को भी कभी ऐसे नाराज़ नही देखा था। उससे आजतक किसी ने ऐसे बात नही की थी। कोई जवाब, कोई शब्द उसके दिमाग मे आया ही नही। लेकिन मन मे रोष का पहला बीज फूट चुका था।

सिद्धार्थ ने अपनी बात कह ली। देविका चुप रही। ज्वालामुखी से थोड़ा लावा बह गया। दरवाजा अपने पीछे धड़ाम से बंद करके सिद्धार्थ घर से बाहर निकल गया।

क्या हर ज़रूरत बतानी पड़ेगी । क्यों देविका को इतनी सी बात समझ मे नही आती। इतनी मंदबुद्धि है क्या? खामख्वाह...

बाहर शाम की ठंडी हवा चल रही थी। सिद्धार्थ का गुस्सा भी धीरे-धीरे ठंडा होने लगा। ज्यादा बोल गया। क्या ज़रूरत थी यह सब कहने की। उफ! कब मैं अपने आप को नियंत्रित कर पाउंगा?

ग्लानि गुस्से पर वैसे ही असर कर रही थी जैसे ठंडा पानी गरम तवे पर। रह-रह कर आत्मग्लानि की छौंक से अंतरात्मा कराह उठती। अब उसे देविका की चिंता होने लगी। क्या करेगी ? कुछ गलत न कर ले। वह परिपक्वता तो है ही नही। बढ़ते कदम अचानक धीरे-धीरे धीमे होने लगे। अंततः रुक गये, असमंजस मे पड़ गये और हार कर वापस लौट पड़े।

क्षमाशील भाव से सिद्धार्थ बोला, मुझे लगता है गलती मेरी ही है।

मुझे पता है, देविका कहना चाहती थी पर चुप रही।

मैं अपने काम मे कुछ ज्यादा ही व्यस्त हो जाता हूँ। हमें एक दूसरे को और समझने की ज़रूरत है। हमे थोड़ा और वक्त साथ गुज़ारना चाहिए। कल...

कल सलमान की फिल्म......

कल सुबह से हम साथ दौड़ने जाएंगे।

देविका की सासें थम गयी।

पर कब जाएंगे, आप तो सुबह पी.टी परेड के लिए जाते हैं।

पी.टी छह बजे शुरू होती है। हम तो पाँच बजे जाएंगे। पैंतालीस मिनट जॉगिंग, उसके बाद मै पी.टी चला जाऊंगा।

जॉगिंग के बाद पी.टी, ज्यादा नही हो जाएगा? आप थक जाओगे। यह देविका आखिरी कोशिश थी।

नही! यह तो मेरा शौक है। मै तो मैराथन भागता हूँ। तुम चलो, देखना कितना आनंद आता है।

कहीं दूर   फिल्मी गाना ज़ोर से बजता सुनाई दे रहा था। मार डाला!...अल्लाह मार डाला!

सिद्दार्थ ने देविका को लगभग चार बजे जगा दिया। देविका का शरीर पहली बार इतनी सुबह उठा था। दिमाग अभी भी सोया हुआ था। किसी तरह तैयार होकर बाहर निकली।

अरे ये तो शाम हो रही है!

शाम नही सुबह हो रही है।

वो देखो! विस्मित देविका बोली।

क्या?

अरे सूरज डूब रहा है!

सूरज निकल रहा है।

पहले थोड़ा तेज़ चलो, जब शरीर गर्म हो जाए तो....

अरे मै इससे तेज़ नही चल सकती !

अरे कोशिश करो देविका!

देविका अनमनी सी चलती रही।

देखो लंबी सांस लो, फूलों की कितनी अच्छी महक आ रही है।

देविका ने एक लंबी सांस ली और अचानक उसे कुछ महसूस हुआ। और उसकी आँखे फैल गईं

ऊँ... ऊँ... मुझे पॉटी आ रही है! आ आआ!

मज़ाक मत करो देविका!

सच! मै नही रोक सकती, मुझे अभी जाना है।

अरे कहाँ जाओगी, घर थोड़ा पीछे है!

मै... यहीं हो जाएगा।

अरे रे! यह आर्मी इलाका है, लोग वॉक वगैरह पर निकले हैं, तुम यहाँ...

आआआ!

दोनो वापिस चल पड़े।

मैने तुम्हे देखा था, कल तुमने पूरी बटालियन जितना चिकन खाया। इतना खाओगी तो यही होगा सिद्दार्थ ने कहा।

आआआ !

ठीक है! ठीक है! घर पास मे ही है, चलो चलो।

कहाँ है घर, कितनी दूर है ।

बस पहुँच गए। वह बिल्डिंग दिख रही है न?
हाँ!
उसके पीछे जो बिल्डिंग है ?
हाँ वही है न ?
नही उसके पीछे वाली बिल्डिंग!
आआआ! मै इतनी दूर मै नही चल सकती।
देविका सेल्फ कंट्रोल, जल्दी... जल्दी!
नितंबो को सिकोड़ कर अपने पंजों पर चलते हुए देविका बोली। आराम से... ज्यादा जल्दी नही, देविका बोली।
पहुँच गए... पहुँच गए सिद्दार्थ भी हाँफने लगा था।
हट जाआआआआआआआओ।
दूर किसी क्वाटर गार्ड से सवेरे का बिगुल बज उठा।

देविका ने मुस्कुराते हुए दरवाजा खोला। कैसे हो?
ठीक!
सिद्दार्थ ने देखा अंदर डाइनिंग टेबल पर गरमा गरम खाना लगा हुआ था।
सुनो जल्दी आ जाओ, बड़ी तेज़ भूख लगी है।
मै बस मुंह-हाथ धो कर आया।

पर तुमने इतना सब बनाया कैसे?
ऑनलाइन विडियो से! देविका ने चहकते हुए कहा। उस दिन आप कह रहे थे न, उसी से आइडिया आया।

हम्म। शाम को हमारी वाईनिंग इन है। बताया था न उस दिन? तुम्हे अपने बारे मे थोड़ा बताना पड़ेगा। लोग पचास चीजों के बारे मे पूछेंगे। जिस बात का पता नही मुस्कुरा दो। लेकिन यहाँ बेवकूफी से ज्यादा बदतमीजी को बुरा माना जाता है। याद रखो मछली जाल मे तभी फँसती है जब मुँह खोलती है।

ये क्या है ?

चखो न वेज है।

उम्म, अच्छा है।

कैसा बना है? खुद बनाया है मैने।

मै नही मानता।

सच! इंटरनेट वीडियो से।

ठीक है, गुड।

और?

नही बस और नही।

देविका हल्का सा मुस्कुरा कर किचन मे चली गयी। उस डिश के पीछे देविका ने काफी मेहनत की थी। सुबह सुबह उठ कर उसने पहले दो घंटे उस डिश को बनाना सीखा। पूरे सामान फेंटा, पकाने के लिए चार घंटे किचन मे खड़ी रही। किस लिए? सिर्फ अपने पति की खुशी के लिए। और पति के मुँह से प्यार के दो शब्द भी नही निकले। सिद्धार्थ के सीमित प्रतिक्रिया से देविका को चोट पहुँची। उसे मालूम न था सिद्दार्थ कैसे कठोर हालात मे बड़ा हुआ था। और उपर से वह सैनिक था, अफसर था। जितनी आसानी से सिद्दार्थ अपना गुस्सा प्रकट कर सकता था उतनी ही कठिनाई उसे अपना प्रेम प्रकट करने मे होती

थी। किसी भी प्रकार की भावुकता कमज़ोरी की निशानी थी।

सी.ओ के साथ चार पाँच अफसर देविका को घेर कर खड़े थे और उसकी रोचक बातों पर ठहाके लगा रहे थे। देविका अपनी गप्पों से सभी को काबू मे कर चुकी थी।

सिद्दार्थ मेस के कम्पाउन्ड की दूसरी तरफ एक दूसरे अफसर के साथ खड़ा था। मगर उसकी नज़र लगातार देविका पर बनी हुई थी। उसे नही लग रहा था कि देविका ने उसकी चेतावनी पर ध्यान दिया था।

सिद्दार्थ देविका को ताक रहा था। तभी माखन स्नेक्स की ट्रे लेकर वहाँ से गुज़रा। माखन, ज़रा पनीर टिक्का दिखाना। माखन ने ट्रे आगे कर दी। सिद्दार्थ ने एक टिक्का उठाया। माखन जाने लगा। पता नही कल खाना बनाने का मूड होगा कि नही। माखन रुकना! एक और।

ओ.के गुड नाईट एवरीवन। कहकर सी.ओ अपनी गाड़ी मे निकल गये। पार्टी समाप्त हुई।

सिद्धार्थ थोड़ा बिफरा हुआ था पर देविका चहक रही थी।

अरे तुम कहाँ थे। पता है कितनी मज़ेदार बातें हो रही थी?

पता है?पता है? वो जो तुम्हारे अफसर हैं न, टू... टू टू आई सी। सेकन्ड इन कमाण्ड।

हाँ वही। उनकी जो बहन है न छोटी!

अच्छा! उनकी बहन भी है?

अरे तुम्हे इतना भी नही मालूम? उनकी जो बहन है न उसने भाग के लव मैरिज कर ली।

तो भाग कर करे या खड़ी होकर मुझे क्या?

पर उसने लव मैरिज की है, हाऊ रोमाँटिक!

पता है, सुनीता है न?

सुनीता! कौन सुनीता?

सुनीता वो जो रेड साड़ी पहने थी वो।

अरे मैने ध्यान नही दिया किसने कौन सी साड़ी पहनी थी?

अरे वो स्लिम सी।

अच्छा मिसेज़ शर्मा ?

हाँ हाँ वही।

उनको न प्रेगनेन्सी मे बहुत प्रॉब्लम हुई थी।

वो प्रेगनेन्ट हैं, लग तो नही रही थी।

अरे पाँच साल पहले!

अरे मै इतने साल से यहाँ हूँ, ये सब मुझे नही पता लगा और तुम्हे एक मुलाकात यह सब बातें पता चल गयीं। कमाल है!

अच्छा एक बात बताओ तुम्हारे जो सी.ओ हैं...
हाँ।

उनका दिमाग क्या कम्पयूटर से भी तेज़ चलता है?

क्यों?

तो उनकी मूँछें चाचा चौधरी जैसी क्यों हैं?

सिद्धार्थ को हँसी छूट गयी। कार स्टैंड तक पहुँचते पहुँचते उसका मूड ठीक हो गया था।

कल मैने छुट्टी ली है। दिल्ली चलेंगे। घूमने।

देविका का चेहरा फिर बच्चे की तरह खिल उठा।

कितना सुंदर मंदिर है! कितनी महान परम्पराएँ हैं हमारी। दोनो अक्षरधाम मंदिर मे घूम रहे थे।

पता है, हमारी जो कॉलोनी है उधर कल रात चोरी हो गई।

हम बाहर घूमने निकले हैं और अभी तक तुम कॉलोनी मे ही घूम रही हो? ख़ैर, तुम्हे कैसे मालूम?

मुझे पता है बस, चाहे तुम किसी से पूछ लेना।

मान गए, तुम्हे तो इंटेलिजेंस कोर मे होना चाहिए था।

दोनो एक दूसरे को देख कर हँसने लग गए।

मुझे लगता है मुझे हनीमून जाना चाहिए था।

तो गए क्यों नही?

थोड़ा जल्दी ड्यूटी ज्वाइन करनी थी न।

अरे तुम थोड़ा एन्जॉय कर लिया करो। तुम अफसर हो, दूसरे को काम दिया करो तभी तो अफसर बनने का फायदा है।

जो काम देता हूँ वो कर के वापस करते हैं तो वो चेक तो करना पड़ेगा न। अफसर को सुविधाएं कम जिम्मेदारी ज्यादा मिलती हैं।

पता है! स्मिता के भाई ने अपने माता-पिता कि कोई ज़िम्मेदारी नही ली।

स्मिता कौन? मैने तुम्हे बताया है, मुझे मिसेज शर्मा, मिसेज विनीत ऐसे कर के बताया करो। अफसरों की वाईफ को मै उनके पहले नाम से नही बल्कि अफसरों के नाम से जानता हूँ। वैसे भी मुझे उनकी चुगलखोरी मे मुझे कोई दिलचस्पी नही है। मुझसे बड़ी बातें किया करो।

अच्छा पता है, वो राजकुमारी थी न, वो लेडी डायना... हाँ उसका अफेयर ....

हे भगवान! सिद्दार्थ ने अपना सर पकड़ लिया।

बड़े दया भाव से देविका ने पूछा, तुम्हे माईग्रेन है?

हाँ।

कब से?

आज से।

भैया साढ़े पाँच नम्बर की सैंडल इसी पैटर्न मे दिखाइए।

नही है। दुकानदार ने मुंह बनाते हुए बोला।

अरे साढ़े पाँच कौन से सैंडल का साईज़ होता है या तो पाँच होता है या छह होता है। सिद्दार्थ बोला।

तो भैया हमारा पैर पाँच नम्बर से उगते उगते साढ़े पाँच पर ही रुक गया तो हम साढ़े पाँच ही लेंगे न। और साढ़े पाँच नंबर होता है।

पूरी दुकान के चप्पल देखने के बाद देविका को दुकानदार पर तरस आ गया।

अच्छा चलिये यही दे दीजिए भैया।

जी जी जी कहते हुए दुकानदार ने झट से चप्पल उठाई और इससे पहले कि आईर्ड बदले, भाग खड़ा हुआ।

पर ये तो इतनी हाई हील है, तुम्हे मुश्किल नही होगी चलने मे? और ज्यादा मजबूत भी नही लगती। सिद्धार्थ बोला।

तो क्या हुआ, दिखने मे तो अच्छी है। पहननी है कौन सा किसी को मारनी है जो मजबूत होनी चाहिए।

देखो यह राष्ट्रीय युद्ध स्मारक है। गर्व, श्रद्धा और सम्मान से सिद्दार्थ का सीना चौड़ा हुआ जा रहा था। यहाँ के हर पत्थर पर हमारे देश के शहीदों का नाम गढ़े है। इन्होने इस देश के लिए अपने प्राणों की आहुती दी। इन्हे प्रणाम करो। सिद्दार्थ ने हाथ जोड़ लिए। देविका भी हाथ जोड़ कर अमर जवान ज्योति को देखती रही।   लेकिन उसकी आँखों मे श्रद्धा नही शून्यता थी।

सिद्धार्थ के चेहरे से ऐसी दिव्यता झलक रही थी मानो किसी सिद्द मंदिर से बाहर आया हो। वह पूरा आशवस्त था कि देविका को भी सेना की बलिदान की गौरवशाली परंपरा का अंदाज़ा लग गया होगा। अब वह उसके काम के महत्व को समझ पायेगी।

कैसा लगा?

अच्छा।

देविका के उत्तर मे भ्रांति थी। उसे समझ नही आ रहा था कि इन पत्थरों की, इस अमर जवान ज्योती की, अहमियत क्या है। इसका मतलब क्या? इतना बवंडर और तमाशा क्यों? जिनके नाम इन पत्थरो पर गढ़े हुए हैं, इन्हे अपना काम करने की तन्ख्वाह भी तो मिलती ही थी। कोई घर से उठा कर तो लेकर नही गया था सेना में। और क्या

किसी को मारना सही है? सभी लोगों को प्रेम से रहना चाहिए कि नही? लेकिन वह चुप रही।

अभी कहाँ? सिद्दार्थ ने पूछा।

थोड़ा और शॉपिंग!

बाज़ार मे चलते-चलते अचानक सिद्दार्थ को देविका के साथ न होने का अहसास हुआ। उसने पीछे मुड़कर देखा तो देविका एक दुकान के बाहर खड़ी कुछ निहार रही थी। वह वापिस आया। एक आभूषण का सेट था।

महंगा होगा। उसने सोचा फिर विनम्रता से बोला। आगे मॉल मे चलें? वहां कपड़ों का अच्छा स्टोर है।

ये देखो, देविका एक बैकलेस ब्लाउज़ मे ट्रायल रूम से बाहर आई।

मै भी देखुंगा और पूरा मोहल्ला भी देखेगा। ये अपनी जगह पर रुका कैसे है?

तुमसे क्या मतलब।

मतलब तो है। सिद्धार्थ एक शरारती मुस्कान मे बोला। मुझे लगता है यह इंजिनियरिंग का एक अनोखा करिशमा है। पर यह जो पीछे दिवाल जैसी पीठ दिख रही है, उसका क्या?

मेरी बॉडी मेरी मर्जी।

ये बॉडी तुम्हारी मर्जी से तुम्हे नही मिली। ये खुदा की अमानत है। और अगर कोई दूसरा तुम्हे घूरने लगे तो फिर उसकी आँखें उसकी मर्जी। ये झूठ अपने आप से कहना बंद करो कि तुम कपड़े अपनी मर्जी से पहनते हो। असल

मे तुम ज़माने को दिखाने के लिए कपड़े पहनते हो। नही तो तुम अपने घर मे तो पुराने पजामे मे क्यों घूमते हो। वहाँ सूट पहन कर क्यों नही घूमते?

उफ्फ, फिर लेक्चर...

लेकिन सिद्दार्थ फिर बिना रुके बोलता रहा। सच तो ये है कि तुम अपनी मर्जी से नही कम्पनीयों की मर्ज़ी से कपड़े पहनते हो। विज्ञापनों के झूठ से वह तुम्हारी हकीकत बदल देता है और तुम्हे इस बात पर विश्वास दिलाता है कि जो वो बेच रहा है उसके बिना हम अधूरे हैं। वो हमारी ज़रूरत है। उसकी बनाई हुई चीज़ ही आधूनिक है और हम सब गोरिल्ला हैं और...

ओफ्फो ! फिर लेक्चर मत पिलाओ, शॉपिंग कराओ। चलो अब तुम्हारे लिए एक शर्ट लेते हैं।

मेरे पास पहले से ही चार शर्ट हैं ।

उफ्फ ! भैया वो लाल वाली शर्ट देना। ये तुम्हारे उपर अच्छी लगेगी।

मै ये नही पहन सकता, इतना जगमगाता हुआ। वो स्लेटी शर्ट ट्राई करता हूँ।

बिलकुल पचास साल के लगोगे। नही चलेगा बिलकुल नही चलेगा।

न चाहते हुए भी सिद्दार्थ को एक चमकीली सी शर्ट लेनी पड़ी। सिद्धार्थ मन ही मन कोस रहा था। एक तरफ वो मुच्छछड़ सी.ओ और अब दूसरी तरफ ये।

चलो अब कहीं चल कर कुछ खाते हैं नही तो घर जाकर मुझे बनाना .... मेरा मतलब कभी-कभी बाहर का भी खाना खा लेना चाहिए। देविका ने हँसते हुए कहा।

जय हिंद सर, मे आई कम इन सर? कैप्टन अखिल ने दरवाज़े पर खड़े होकर पूछा।

येस रामदास प्लीज़ कम इन।

अखिल ये जो बेंगलुरू का शेड्यूल है न इसमे जनरल अब अठ्ठाईस तारीख को आएंगे।

ठीक है सर।

तो फिर ऐसा करो इसमे....

तभी सिद्धार्थ का मोबाईल बज उठा। देविका का कॉल था। मगर सिद्धार्थ ने ध्यान नही दिया और

लापरवाही मे फोन को स्पीकर पर कर दिया।

हलो!

हाँ! मेरी आवाज़ आ रही है?

हाँ आ रही है, बोलो!

हल्लो जो तुम्हारा कैप्टन अखिल सूरदास है न..

बटालियन मे कोई सूरदास तो था नही, हाँ रामदास था और वह सामने बैठा था।

सिद्धार्थ ने हड़बड़ी मे फोन के स्पीकर को ऑफ करने की कोशिश की, पर फोन हाथ से छूटकर उछलकर डेस्क के नीचे पता नही कहाँ गिर गया। लेकिन स्पीकर से आवाज़ आती रही।

वो सूरदास डेली मेडिकल कॉलेज लड़कियों को घूरने जाता है। बस देखने मे ही सीधा है। तुम्हारे अफसर सामने बस यस सर यस सर करते रहते हैं और पीठ पीछे इनकी हरकतें देखो।

चुप हो जाओ मेरी माँ, प्लीज हाथ जोड़ रहा हूँ तुम्हारे। सिद्धार्थ ने चिल्लाते हुए कहा जिससे स्पीकर से आवाज़

दूसरी तरफ चली जाए। नवम्बर के महीना था लेकिन दोनो अफसरों के माथे पर शर्म की बूँदे झलकने लगीं।

आपको तो मेरी हर बात ही गलत लगती है, हुँह। टाइम से घर आ जाना।

अरे मुझे समय लगेगा! मुझे बेंगलुरु मे एक कॉन्फ्रेंस आयोजित करानी है उसकी तैयारियां चल रही हैं।

आप मेरी कोई बात नही सुनते। फोन कट गया।

दोनो अफसरों ने एक दूसरे की तरफ देखा। रामदास सर झुकाकर खड़ा हुआ, सेल्यूट किया और ऑफिस से बाहर निकल गया।

आज इंडिया पाकिस्तान का क्रिकेट मैच था। सिद्दार्थ ने सुबह से ही ऐलान कर दिया था कि वह शाम को मैच देखेगा। शाम को मैच देखने बैठा तो देविका भी साथ आकर बैठ गयी।

यार मच्छर खा रहे हैं मुझे। ये मच्छर वाली मशीन चल नही रही क्या। सिद्दार्थ झुंझलाकर बोला।

तभी देविका फुटबालर की तरह हवा मे उछली। फाट!

सिद्धार्थ हक्का बक्का रह गया।

ये लो। देविका ने हाथ खोलकर दिखाया। दुश्मन उसके हाथो मे चित पड़ा था।

देविका ने रोबीले अंदाज़ मे हाथ झाड़ा। तुम पूछ रहे थे न बेटे कि हममे टैलेंट क्या है? ये है हमारा टैलेंट और इंडिया मे रहना है तो यह टैलेंट बहुत ज़रूरी है। इसको तो बच्चू तुम्हारा न्यूक्लियर बम भी नही मार सकता।

सिद्धार्थ निशब्द था। उसने हथियार डाल दिये। आज से मैने तुम्हे अपना गुरू स्वीकार कर लिया है। तुम टी.वी मे टैलेंट शो मे क्यों नही जाती?

वहाँ जरूरत के काम के लोगों की कोई कद्र नही। देविका ने उत्तर दिया।

वाऊ सिक्स तालियाँ। देविका ज़ोर-ज़ोर से तालियाँ बजाने लगी। सिद्धार्थ भावहीन देविका की तरफ देखता रहा। अंततः बोला।

पाकिस्तान ने मारा है।

हैं तो क्या पाकिस्तान जीत गया इतनी देर से हम बैठ कर देख रहे हैं पाकिस्तान कैसे जीत सकता है?

बैठने से नही रन बनाने से जीत मिलती है। मैच चल रहा अभी। देखती रहो। सिद्दार्थ बोला।

बैंक से अपना काम निपटा कर सिद्दार्थ बाहर निकला। अरे देविका! एकदम सामने देविका को देख सिद्धार्थ चौंक गया। ध्यान से देखा तो साड़ी की दुकान के बाहर एक औरत का पुतला लगा था। हरी साड़ी मे बिलकुल देविका लग रही थी। उसने कुछ सोचा, फिर दुकान के अंदर गया। ये जो बाहर साड़ी लगी है, ये हरी वाली, कितने की है।

ये अरे राजेश! ये साड़ी का रेट बताओ साब को।

जी साढ़े सात हज़ार।

ओह! सिद्धार्थ थोड़ा मायूस हो गया। ठीक है थोड़ा कम रेंज मे दिखा दीजिए।

सिद्दार्थ ने कई साड़ियाँ देखी मगर कोई दूसरी साड़ी उसे पसंद न आयी। फिर उसने कुछ सोचते हुए कहा। ठीक है! ये हरी वाली ही दे दीजिए।

देविका! देविका! कहाँ हो? देखो मैं तुम्हारे लिए लाया हूँ।

वाउ क्या? ओह साड़ी! वाह क्या रंग है! देविका के स्वर मे निराशा का भाव स्पष्ट था। एक तो साड़ी का रंग, उपर से साड़ी पहनने मे जो झंझट सो अलग। रोज़मर्रा के लिए देविका को सलवार सूट या जींस पहनना ज्यादा आरामदायक लगता था और आराम उसके लिए सबसे आवश्यक था।

मै चाय बनाती हूं । देविका साड़ी को सोफे पर रखकर किचन मे चली गयी।

सिद्धार्थ निराश उठा और अपने कमरे मे चला गया।

११

ठीक है, सुबह सवा छह बजे आ जाना। हाँ, एअरपोर्ट जाना है। कहकर सिद्दार्थ घर की घंटी बजाने के लिये आगे बढ़ा। देखा तो दरवाजा आधा खुला था। सिद्धार्थ अंदर आया। एक अजीब सा सन्नाटा छाया हुआ था। सिद्दार्थ ने इधर उधर देखा फिर दबे कदमों से देविका के कमरे मे पहुँचा। अंदर बिस्तर पर देविका दूसरी तरफ मुँह किये बैठी हुई थी।

देविका?

कोई जवाब नही।

देविका क्या हुआ? सब ठीक है?

देविका ने पीछे मुड़ने की ज़रूरत भी न समझी। उसे इतना चुप पहले तो कभी नही देखा था।

सिद्धार्थ देविका के पास जाकर खड़ा हुआ। उसके हाथ मे एक रुमाल था।

देविका?

देविका ने सिद्धार्थ की तरफ देखा, गालों पर आधे पुँछे आँसु थे और आँखें लाल थी। देविका ने रुँधी आवाज़ मे कहा- दादी!

दादी नही रही। देविका ने सिद्दार्थ को बताया न था कि सिद्धार्थ के साथ उसका पिछला साल दादी के भरोसे

१११

ही निकला था। उसने लगभग हर दिन दादी द्वारा समझायी गयी बातों पर अमल किया तब जाकर हालात थोड़ा काबू मे रहे। उसने तो अभी तक सिद्दार्थ को यह भी नही बताया था कि वह अपनी माँ से ज्यादा दादी के करीब थी और उसे दादी ने ही बड़ा किया था। अब वह आसरा न रहा। सर पर से छप्पर उड़ गया। देविका को अपने घर जाना था। तुरंत।

लेकिन सिद्दार्थ के लिए यह परिस्थिति संकट नही, धर्म संकट थी।

देविका मै तुम्हारे साथ जाना चाहता हूँ पर जा नही सकता। मुझे कल सुबह कान्फ्रेंस के लिए बंगलोर जाना है। तुम्हे तो मालूम है मैं इस कॉन्फ्रेंस के लिए पिछले तीन महीने से नियुक्त हूँ। काफी समय से उच्च अधिकारियों की देख-रेख मे उसकी तैयारी करवाई जा रही है। अचानक ड्यूटी पर अपनी नियुक्ति बदलवा कर किसी और को मेरी जगह नही भेजा जा सकता।

कुछ देर सोचने के बाद सिद्दार्थ फिर बोला, देविका मै तुम्हारा टिकट बुक करा देता हूँ...

देविका चुप रही। अकेले गई और अकेले ही वापिस आई।

आज कल ऐसा लगता था मानो घर किसी शून्यता मे खो गया हो। यहाँ तक कि चिड़ियों की चहचहाहट भी कम ही सुनाई देती थी। न देविका के काम करने की आवाज़, न ही उसके गाने-गुनगुनाने की। अजीब सा खालीपन था। सिद्दार्थ वापस आता तो लगता देविका घर मे है ही नही।

लेकिन वो घर मे ही थी। किसी कोने मे सन्नाटे में बैठी हुई। गुमसुम। हूं, हाँ बस। शुरू मे सिद्दार्थ को लगा कि शायद देविका अभी तक दादी के दुख से उबर नही पाई है। महीने भर बाद भी जब हालात नही बदले तो सिद्दार्थ को अहसास हुआ कि बात कुछ और ही है।

देविका मै जानता हूँ कि मुझे तुम्हारे साथ आना चाहिए था। मगर मुझे अगली सुबह बेंगलुरु निकलना ही था। सी.ओ भी साथ गये थे। बहुत ज़रुरी था।

हूं। ठीक है। देविका बस इतना ही बोली।

अवचेतन मन मे बुन रहे प्रपंच का भले ही हम संज्ञान नही ले पाते लेकिन उसके प्रभाव हम पर प्रकट होते हैं। देविका दुखी थी, बस। उसे मालूम था कि हर इंसान को एक दिन चले जाना है। उसे मालूम था कि दादी बीमार चल रही थी इसलिए उसकी शादी उसी साल कराना ज़रूरी था। देविका खुद भी समझ रही थी कि सिद्दार्थ का उसके साथ आना मुमकिन नही था। उसे मालूम था कि सिद्दार्थ का उस दिन बेंगलूरु जाना ज़रुरी था। इसके बावजूद भी वो दुखी थी। इसपर उसका कोई नियंत्रण नही था। शायद पता नही चला पर दादी के जाने पर, सिद्दार्थ के साथ न होने से उसके अंतर्मन को कहीं यह अहसास हुआ कि वो बिलकुल अकेली है। न कोई उसका हमराज़ है और न कोई उसका हमदर्द। दुख निकल नही पाया तो मानो अंदर बर्फ की तरह जम गया। ऐसी निर्जीव निर्जनता छा गयी कि शिकायतें भी मर गयीं।

लेकिन शिकायतें तो रिशतों को जोड़ती है। एक संचार-संपर्क की डोर की तरह। भले ही वह संपर्क दुख दर्द का ही क्यों न हो, उन्मे एक सच्चाई होती है। शिकायतें दर्द हैं

मन के चोट की। जैसे कोई बच्चा अपनी मां को चोट दिखाता है वैसे ही हम शिकायतें करते हैं। अनजानों को तो हम अपनी चोट नही दिखाते! परायों से तो हम शिकायत नही करते! क्या कोई पशु भी किसी को भी अपनी चोट छूने देता है? वह तो सिर्फ उसे ही छूने देता है जिसपर वह पूरा विश्वास करता है। नही तो चोटिल किसी झुरमुट किसी गुफा मे जाकर छुप जाता है। चुप रहता है। अकेला रहता है।

कांग्रैचुलेशन्स!

थैंक यू डॉक्टर! कब तक एक्सपेक्टेड है। सिद्दार्थ ने राहतभरी आवाज़ पूछा।

नवम्बर। मैने कुछ टेस्ट लिख दिये हैं। अब आपको अगले महीने आना है। ये आयरन की गोलियाँ आप लेती रहियेगा बाकी सब रिपोर्ट्स ठीक हैं।

राहत का कारण आशा थी। एक तो बच्चे का आने की आशा और दूसरी यह की मातृत्व, देविका को दादी का दुख भुलाने मे मदद करेगा। दादी के जाने के बाद सिद्दार्थ देविका के स्वभाव मे परिवर्तन से खासा चिंतित था।

धीरे-धीरे आराम से चलो। मानो कि तुमने शीशे की बोतलों से भरा पिठ्ठू पहन रखा है। अगर तुम तेज़ चलोगी तो वे आपस मे टकरा टकरा के टूट जाएँगे। इसलिए आराम से धीरे-धीरे चलो, कोई जल्दी नही। अब तुम भारी चीज़ें मत उठाना।

मै नही उठाउंगी तो कौन आएगा उठाने।

मै हूँ न!

तुम तो ऑफिस के काम मे ही व्यस्त रहते हो। तुम्हारे पास मेरे लिए...इस सब के लिए समय कहां है।

सिद्धार्थ कुछ न बोला।

लेकिन एक विरोधाभास था। इस खुशी के मौके पर देविका का दुख और गहरा गया। मातृत्व के इस पहले पड़ाव मे उसे अपनी दादी की और ज्यादा याद आ रही थी। दादी होती तो कितनी खुश होती। कितनी बातें होती। हे भगवान! नवम्बर मे तो दादी परदादी बन जाती! दूसरों के मातृत्व और प्रसव के अनुभवों कि कितनी ही कहानियाँ, गप्पे और चुगली चलती। पर अब? ख़ैर बच्चे की वजह से ही सही शायद सिद्धार्थ अब मेरी ओर थोड़ा ध्यान दे। अब तो शायद मै उसके किसी लायक हूं। उसके बच्चे की माँ हूं। शायद अब वो मुझे प्यार करे।

दूसरी ओर जैसे-जैसे प्रसव का दिन पास आ रहा था दोनो के मन मे शंकाएं उठ रही थीं। सिद्धार्थ सोच रहा था, क्या देविका प्रसव के दर्द को झेल पाएगी? क्या मातृत्व के इस कठिन दौर की ज़िम्मेदारी को संभालने की क्षमता देविका मे है? उधर देविका के मन मे दूसरे सवाल उठ रहे थे। क्या सिद्धार्थ अब की बार मेरे साथ होगा? क्या मातृत्व के इस सुंदर लेकिन दुष्कर पर्वत पथ पर मेरे साथ चलेगा? मेरी कमजोरियों के बावजूद?

देविका देखो, सिद्धार्थ ने बड़े गंभीर पर विनम्र स्वर मे कहा, अब हमे बच्चे के बारे मे पहले सोचना होगा। मेरी जो नौकरी की आपाधापी है, उसमे इस हालत मे तुम्हारा

ख्याल उतनी अच्छी तरह से नही रखा जा सकेगा। इसलिए मै समझता हूँ कि तुम इस समय अपने घर चली जाओ तो ज्यादा अच्छा रहेगा। वहाँ तुम्हारे मम्मी-पापा तुम्हारा ख्याल तो अच्छी तरह से रखेंगे।

और तुम? तुम अकेले रह लोगे? तुम्हारा खाना... देविका आगे कुछ कहती कि उससे पहले सिद्दार्थ बोल पड़ा, तुम मेरी चिंता मत करो, मेस है न!

सिद्धार्थ देविका को उसके घर छोड़ आया। दोनो ने राहत की साँस ली। जहाँ एक ओर देविका अपने घरेलु जिम्मेदारी से चिंतामुक्त हुई, वहीं सिद्धार्थ अपने खान-पान को लेकर आश्वस्त हुआ। और सबसे बड़ी बात, भले ही कुछ समय के लिए ही सही, दोनो स्वतंत्र हुए।

लेकिन कुछ दिनो बाद आत्मग्लानि सुख मे दखल देने लगी। क्या ये सच है की वे एक दूसरे से दूर जाना चाहते थे? यही सवाल मन मे बार-बार उठता। कुछ समय बाद आत्मग्लानि दोषारोपण मे बदल गयी। दोनो एक दूसरे को अपनी-अपनी ज़िम्मेदारी से भागने का दोष देने लगे। बस ऐसे ही नाराज़गियों मे समय बीतता रहा और सुख कब दुख बन गया पता ही न चला।

दिन-प्रतिदिन देविका का रोषित, कुंठित अकेलापन अंगारों से सुलगते रेगिस्तान की तरह का फैलता चला जा रहा था। मन ही मन सिद्दार्थ से तर्क-वितर्क करती रहती। आपकी नज़र मे तो मैं तो नालायक और निठल्ली हूँ, फिर भी गर्भावस्था का पूरा बोझ मेरे उपर डाल दिया! सारी ज़िम्मेदारी तो मेरे माँ बाप ही निभा रहे हैं! हर महीने मेरे

बूढ़े माँ-बाप हॉस्पिटल ले जाकर मेरा चेक अप कराते हैं। क्या कभी छुट्टी लेकर, यहाँ आकर आप मेरा चेक अप नही करा सकते? क्या आपकी कोई जिम्मेदारी नही? गर्भधारण कराने के आलावा इस पूरे सिलसिले मे आपकी क्या भूमिका है? क्या आपका कर्तव्य सिर्फ सेना के लिए है। मेरी तरफ आपका कोई कर्तव्य नही? अब तो फोन भी कभी-कभार ही आते हैं। हाल चाल भी लेना छोड़ दिया। देविका ने सोचा। कर रहे होंगे किसी लेडी से अंग्रेज़ी मे गिटपिट। और यहाँ मेरा चलना फिरना भी मुशिकल। आती सर्दियों की सूनी धूप में, दिन भर अकेले धूल फाँकती, डगमगाते कदमों से अपने मातृत्व की ओर अकेले बढ़ती देविका, ढलते सूरज सा अपना बचपन, शाम के साये की तरह पीछे उतारती चली जा रही थी।

अगर देविका जिम्मेदार होती, परिपक्व होती तो क्या शादी करने के बाद भी अकेला रहना पड़ता? सिद्धार्थ मन ही मन घुटता रहता। खुद तो अपने परिवार मे पहुँच गयी। माँ बाप के साथ अच्छा समय कट रहा है। कोई काम नही करना पड़ता। सो कर जल्दी नही उठना पड़ता। तो उस मेरी चिंता क्यों हो भला? इसी लिये जब फोन करता हूं तो उठाती नही। वो भी उसके लिए एक जिम्मेदारी जो है। जब वो मेरे साथ बात नही करना चाहती तो फिर मै क्यों ...जीवन भर अकेला रहा, और अब भी। शायद यही मेरी नियति है।

उधर दादी के जाने के दुख से आशीष बाबू का शारीरिक और मानसिक ह्रास होने लगा था। घर-बार का काम छोड़ बस दिन भर कुर्सी मे बैठे रहते। लोगों के साथ उठना बैठना भी कम हो गया। हँसी-ठठ्ठा सब कहीं खो गया और कुछ ही समय मे काफी वृद्द हो गये। उधर माँ भी चुप ही रहती उस चहल-पहल वाले घर मे धीरे-धीरे एक उदासी सी छाने लगी थी। लेकिन देविका के आने से और साथ ही बच्चे की आने की आशा से उनके मंद निष्क्रीय जीवन मे ऊर्जा का पुनर्संचार हुआ। भावनाओं और ज़िम्मेदारीयों ने दो वृद्दों को कुछ दूर और चलने की हिम्मत और ताकत दी ।

हमारी बटालियन को श्रीनगर-बारामुला रूट पर रोड ओपनिंग का टास्क मिला है। चूँकि खतरे वाली जगह है मै चाहता हूँ कि बी-कंपनी को ले जाकर सबसे पहले तुम इस काम की तरतीब को ठीक से स्थापित करो। बाद मे दूसरी कंपनी को भेजूँगा। लेकिन अभी अगस्त से लेकर नवम्बर तक तुम्हारी कंपनी का टास्क रहेगा। सी.ओ सिद्धार्थ को आदेश दे रहे थे। तुम अपना एडजूटेंट का काम अखिल को हैंड ओवर कर दो और जल्दी से जल्दी मूव करने की तैयारी करो।

राइट सर। सिद्धार्थ जाने लगा कि तभी ठिठका, नवम्बर मे तो देविका...

एनिथिंग एल्स?

ड्यूटी पर तैनाती के समय निजी समस्याओं का उल्लेख कर सिद्दार्थ शर्मिंदा नही होना चाहता था। पहले ड्यूटी पर पहुँचूं फिर बात करता हूँ, सिद्दार्थ ने सोचा।

नो सर! कहकर सिद्धार्थ ऑफिस से बाहर निकल गया।

उगते सूर्य की स्वर्णिम किरणें पूर्व के पर्वतों का प्रभामंडल प्रतीत हो रही थी। अंधेरे ढलानो पर सोते देवदारों को प्रकाश-समुद्र की बढ़ती लहर पंक्तिवार जगा रही थी। अनेकानेक पक्षियों के प्रभात गान से पूरी घाटी तरंगित थी। तुषार रंजित परिवेश उजला ताज़ा जाग रहा था। सड़क के दोनो तरफ सैनिकों की टुकड़ीयाँ धीरे-धीरे आगे बढ़ रही थी। साथ-साथ सड़क पर एक जीप भी धीरे-धीरे चल रही थी। सबसे आगे चलने वाले सैनिक बारूदी सुरंगों को मापने वाला डिटटेक्टर लिए आगे बढ़ रहे थे। साथ मे बारूदी सुरंगों को ढूँढने मे प्रशिक्षित एक कुत्ता भी था। दिन निकलने से पहले ही यह टुकड़ी सड़क को बारूदी सुरंगों और आतंकियों से सुरक्षित करने के काम पर लग चुकी थी, जिससे कि उस मार्ग पर सैन्य व अन्य गाड़ियाँ सुरक्षित गुज़र सकें।

अल्फा वन, ये जो उपर दो जवान बैठे हैं, इनके पास एल.एम.जी है? सिद्धार्थ की आवाज़ रेडियो पर गूँजी। अल्फा वन इतना पीछे नही और आगे आएंगे और दाहिने और बाएँ दोनो तरफ के इलाके पर नज़र रखेंगे।

रोजर! रेडियो पर जवाब आया।

दविंदर आज क्या तारीख है? नौ नवम्बर? सिद्दार्थ ने अपने ड्राइवर से पूछा।

साहब दस हो गई आज तो।

हालाँकि सिद्धार्थ अपने काम मे व्यस्त था लेकिन उसे लगातार देविका का ख्याल आ रहा था। देविका के प्रसव की तारीख बहुत करीब आ गयी थी।

तभी सिद्दार्थ अपने आप मे ही बुदबुदाया, यहाँ नेटवर्क आ रहा है, और फोन लगाया।

हलो... हलो... हलो... हाँ अमित क्या हाल है। सिद्दार्थ ने ऊँची आवाज़ मे कहा। मै सी.ओ को दो दिन से कॉल कर रहा हूँ पर लगता है सी.ओ अपना फोन नही लेकर चल रहे।

सर इधर वॉरगेम चल रहा है। कोई फोन अंदर नही ले जा सकता। वो तो मै बाहर सिगरेट पीने आया था तो आपका कॉल आ गया। आप मेसेज दे दो मै सी.ओ से पूछ लूँगा। सब ठीक तो है न?

यहाँ सब ठीक चल रहा है लेकिन मुझे अपनी छुट्टी के बारे मे पूछना था। वो देविका की बात मैने सी.ओ से पहले ही कर रखी थी तुम बस उन्हे याद दिला देना। हाँ ओके ...ओके ... थैंक्स।

जय हिंद सर! कैप्टन रमन ने सैल्यूट करते हुए कहा। सॉरी सर मै थोड़ा लेट हो गया। घर मे काफी समस्यायें चल रही थीं। सर माँ बाप बूढ़े हैं और घर मे मै अकेला हूँ। जब मै जाता हूँ तभी उनका सारा काम निपटता है नही तो घर पर ही पड़े रहते हैं। इस बार थोड़ा देर हो गयी।

बहुत देर कर दी। सिद्धार्थ ने सोचा फिर बोला, नो प्रॉब्लम प्रभाकर।

दोपहर तक सिद्धार्थ लखनऊ के लिए निकल चुका था। स्टेशन पर सुलोचना का फोन आ गया, हलो सिद्धार्थ मुबारक हो बेटा हुआ है।

ओह! देविका ठीक है? अभी तो कुछ दिन बाकी थे न?

सब ठीक हैं। तुम कब आ रहे हो?

मै रस्ते मे हूँ। सिद्धार्थ ने मामला संभालने की कोशिश की।

बच्चा और देविका दोनो ठीक थे। चलो एक बड़ी ज़िम्मेदारी निपट गयी। सिद्दार्थ ने सोचा। लेकिन वो वहाँ मौजूद नही था। दादी की मौत पर भी वह देविका के साथ नही था और अब बच्चे के जन्म के समय भी। ये बात देविका भूलेगी नही। सिद्धार्थ एक तरफ की चिंता से छूटा तो दूसरी चिंता मे उलझ गया।

कैसी हो?

ठीक हूँ, तुम?

मुझे क्या होगा ?

कहाँ से आ रहे हो ?

बारामुला।

तभी सुलोचना ने बच्चा लाकर सिद्धार्थ को दिया। सिद्धार्थ का कलेजा हाथ मे आ गया। ये उसकी संतान थी। अचानक उसे अहसास हुआ कि माँ के बाद से आज तक उसका कोई अपना न था। संसार मे यह पहला उसका अपना था। जो आँखों से बहने को हुई वह खुशी न थी। जैसे जलते दिल पर किसी ने बर्फ रख दी हो। दर्द-दिल भाप बन, भाप आंसु बन, आँखों से गिरने को हुए। लेकिन

किसी तरह उसने उन्हे एक लंबी घूँट मे पी लिया। देविका सिद्धार्थ को ध्यान से देख रही थी। ऐसे भावशून्य चेहरे पर भावनाओं का ज्वार उसने पहली बार देखा था। उसे राहत भी हुई और जलन भी। सिद्धार्थ की चेहरे पर ऐसा भाव उसने कभी अपने लिए नही देखा था।

१२

कहते हैं कि माँ बनना स्त्री का दूसरा जन्म होता है। लोग इसे सिर्फ प्रसव के ख़तरे से जोड़ कर देखते हैं। माँ बनना तो मातृत्व की पहली सीढ़ी मात्र है। मातृत्व केवल प्रसव मात्र नही बल्कि एक पथ है जिसपर चलती हुई स्त्री को अपना पूरा अस्तित्व बदल देना पड़ता है जिसमे उसका लड़कपन किसी दर्दनाक त्वचा की तरह उतरता है। पिता चाहे कितना ही सहयोगी क्यों न हो यह पथ माँ को अपनी संतान के साथ अकेले ही चलना पड़ता है। तब जाकर बच्चा बढ़ता है, पलता है। पुनर्जन्म का तात्पर्य सिर्फ माँ बनने से नही बल्कि माँ बनने से लेकर माँ होने तक के सफर से है।

देविका अपनी मां के घर से वापिस लौट आई थी। लाड प्यार से पली-बड़ी देविका के लिए मातृत्व एक कठोर चुनौती साबित हो रहा था। दिन भर सोने वाली देविका का खुद का पुत्र, कार्तिक, सोता ही नही था। और सोता भी तो सिर्फ झुलाने पर। दिन मे देर तक सोने वाली देविका को अब रात मे जग-जग कर बच्चे को झुलाना पड़ता। खुद का खाना-पीना छूटा, टीवी सीरियल भी सभी छूट गये। सिद्धार्थ ने साथ देने की कोशिश की लेकिन दूसरा मदद तो कर सकता है पर न नींद दे सकता है, न थकान ले

सकता है। और फिर सिद्धार्थ पर नौकरी की अलग ज़िम्मेदारी थी। देविका के माँ बन जाने से सिद्धार्थ की नौकरी मे तो कोई परिवर्तन संभव न था। उसे सुबह जल्दी जाना होता था। ऑफिस मे अपना काम तो करना ही पड़ता, वक्त बेवक्त शहर से बाहर भी जाना पड़ता। और तो और देविका को पति के भी थोड़े-बहुत काम देखने पड़ते। खान-पान, मनोरंजन, घंटों तक फोन पर कॉन्फ्रेंस कॉल पर लगे रहने का वक्त निकल चुका था। ले दे कर देविका अपने बच्चे का साथ पूरी तरह व्यस्त और अस्तव्यस्त हो गयी। इस समय कोई साथ बचा तो बस अकेलापन, कुछ बचा तो सिर्फ थकान।

कल मेस मे एक पार्टी है, सारे अफसर अपनी पत्नियों के साथ आ रहे हैं। तुम भी चलोगी? सिद्धार्थ ने पूछा।

नही! मै बहुत थकी हुई हूँ। कार्तिक को भी थोड़ा जुकाम है।

क्या तुम हमेशा थकी रहती हो! दूसरी औरतों के भी तो बच्चे होते हैं। वो तो इतना नही थकी रहतीं!

नही प्लीज़! मै नही जा सकती।

ठीक है! सिद्धार्थ खीज कर कमरे से चला गया।

सिद्धार्थ मेस मे अकेले ही पहुँचा। अभिवादनो के बाद पार्टी अपने फौजी ढर्रे से चल पड़ी।

येस सिद्धार्थ! आई होप देविका इस फाइन। उसकी तबीयत कैसी है। टू-आई-सी ने बातों-बातों मे आखिर पूछ ही लिया।

सर वो ठीक है। सिद्धार्थ ने तल्ख़ सा जवाब दिया।

तो फिर वो आज पार्टी मे क्यों नही आई? तुमने उससे झगड़ा तो नही किया।

सिद्धार्थ सकपका गया। नही सर ऐसा कुछ भी नही। सिद्दार्थ और चिढ़ गया।

अरे! अरे! मै तो बस मज़ाक कर रहा था। होप ऑल वेल! हम तो बस उसकी बातें मिस कर रहे थे।

येस सर। सिद्धार्थ ने बिफरे अंदाज़ मे कहा।

जो नही है उसी को सब ढूंढते फिरते है। जो है उसमे किसी को कोई दिलचस्पी नही। सिद्दार्थ ने मन ही मन सोचा।

अरे माखन! एक ड्रिंक और देना।

देविका और कार्तिक सो रहे थे, कमरे की लाइट बुझी थी पर दरवाज़े की सिटकनी अंदर से बंद न थी।

देर रात सिद्दार्थ घर पहुँचा। कमरे का दरवाज़ा झटके से खोला और लाईट जलाई। ज़रा एक मिनट सुनना, कहकर कमरे से बाहर आ गया।

देविका को बाहर आने मे कुछ देर लगी। इतने मे सिद्धार्थ का पारा और उपर चढ़ गया।

तुम अगर आज मेरे साथ चली चलती तो क्या आसमान फट पड़ता!

अरे ये छोटा बच्चा है! देविका ने दुहाई दी।

तुम्हारी वजह से टू-आई-सी ने सबके सामने मेरी बेइज्जती कर दी। दूसरों के भी तो बच्चे हैं, वो आ सकते हैं, बस तुम ही नही आ सकती।

देविका को समझ न आया कि क्या जवाब दे।

तुम्हे मेरे मान सम्मान का कोई ख्याल नही!

सिद्धार्थ ने गुस्से से सोफे से एक गद्दा उठाया और अपने कमरे मे चला गया।

उस दिन से सिद्धार्थ अपने कमरे मे सोने लगा।

सिद्धार्थ के अलग कमरे मे जाने का एक और कारण भी था। वह समझ गया था कि देविका बच्चे की वजह से काफी थक जाती है। ऐसे मे सुबह उठ कर ऑफिस जाने की आपाधापी न केवल बच्चे और माँ की आधी नींद मे खलल डालती है बल्कि उसे भी तैयार होने मे हिचकिचाहट होती है। इसलिए अलग कमरे में रहते हुए सुबह उठकर चुपचाप पी.टी और फिर ऑफिस चला जाना उसने ज्यादा बेहतर समझा।

लेकिन जिस तरह से वो रूठ कर अलग कमरे मे गया उसने देविका के इस धारणा को और संघनित कर दिया कि सिद्दार्थ इस संघर्ष मे उसका साथ न देगा। देविका के शरीर थकान के साथ साथ उसके दिल की कुढ़न भी बढ़ती जा रही थी। आपको क्या पता कि घर ऐसे ही साफ- सुथरा नही रहता। कमरे अपने आप ही साफ नही हो जाते। कपड़े अपने आप ही मशीन मे धुल कर, निचुड़ कर, तारों से लटककर, सूखकर अपने आप ही प्रेस होकर अलमारी मे नही पहुँच जाते। मैं सिर्फ बच्चे को नही पूरे घर को संभालती हूँ। लेकिन आप तो मुझे नालायक ही समझते हैं। आप के लिये तो पार्टी मे जाना ज्यादा ज़रूरी है।

इधर देविका के तनाव को देखते हुए सिद्दार्थ ने देविका के सामने ज्यादा जरुरतें रखना भी ठीक न समझा। अगर ब्रेकफास्ट मिल जाता तो खा लेता नही तो बिना खाये ही निकल जाता और ऑफिस मे ही कुछ खाने को मँगा लेता।

लेकिन तनाव मे तो नकारात्मकता समाहित होती है और सद्भाव भी दुर्भाव ही प्रतीत होता है। सिद्धार्थ के लिहाज को देविका ने उसकी नाराज़गी समझा और नाराज़गी का बदला अक्सर नाराज़गी ही होता है।

हलो कैन आई स्पीक टु सिद्धार्थ प्लीज़?

फोन की दूसरी तरफ किसी महिला की खनखनाती आवाज़ आयी।

वो... वो अभी बाथरूम मे हैं। देविका ने हिचकिचाते हुए कहा।

ओ.के नो प्रॉब्लम मैं थोड़ी देर बाद कॉल करती हूँ।

सिद्दार्थ बाथरूम से बाहर निकला तो तौलिए मे था।

किसी का फोन आया था।

किसका?

पता नही ।

कम से कम ये तो पूछ लिया करो कि कौन है।

कोई औरत थी।

ओह! सिद्दार्थ अचानक ठिठका, अच्छा-अच्छा कहकर सिद्दार्थ तुरंत अपने कमरे मे चला गया और दरवाज़ा बंद कर लिया। कुछ देर बाद कमरे से बातों और खिलखिलाने की आवाजें आने लगीं।

कमज़ोर पड़ते देविका के शरीर के अंग-प्रत्यंग मे संदेह की सिरहन दौड़ गयी।

सिद्धार्थ उसी आभूषण की दुकान के सामने खड़ा था जहाँ उस दिन देविका खड़ी थी। आभूषण का सेट आज भी

वहीं लगा था। अभी भी बिका नही! काफी महँगा होगा। फिर भी सकपकाते हुए दुकान मे गया। बाहर आया तो चेहरे पर खुशी की चमक थी। सोच से कहीं कम दाम मे वो सेट मिल गया। आज शादी की सालगिरह थी। उसे वो दिन याद था जब देविका को यह सेट वह दिला न पाया था। पिछले तीन महीने वह देविका की कोई पसंदीदा चीज़ खरीदने के लिये वह पैसे जमा कर रहा था। कल रात अचानक उसी सेट का ख्याल आया और आखिरकार आज उसने वह खरीद ही लिया। अच्छा शगुन था। पिछली बार देविका के लिए उपहार ले कर गया था तो उसे कुछ खास पसंद नही आया मगर यह सेट उसे निश्चित ही पसंद आएगा। उत्साहित वह अपनी गाड़ी में घर की ओर निकल पड़ा। उस दिन छोटी सी बात पर वह देविका पर बिफर पड़ा था। आज दोबारा परिवार मे खुशी और शांति कायम करना चाहता था।

सिद्दार्थ अंदर आया। कहीं कोई आवाज़ नही आ रही थी। कार्तिक शायद सो रहा था।

देविका!

किचन मे से कुछ बर्तनो के टकराने की आवाज़ आई। देविका मद्धम कदमों से किचन से बाहर आई। चेहरा गंभीर, उत्साहहीन।

सिद्धार्थ ने बड़े उत्साह से कहा, हैपी एनिवर्सरी और सेट आगे बढ़ा दिया

अरे धीरे बोलो! कार्तिक बड़ी मुश्किल से सोया है। जाग जाएगा।

सिद्धार्थ थोड़ा सकपका गया।

तभी कुकर की सीटी बजी, और देविका सेट बिना खोले बिस्तर पर रखकर किचन मे चली गयी। सिद्धार्थ को लगा मानो उसकी छाती पर किसी ने कोई जलती छुरी घोंप दी हो। धधकता हुआ वह अपने कमरे मे गया। टेबल का ड्रॉर खोला। उसमे सिगरेट का पैकट पड़ा था।

देविका ने सिद्धार्थ को पहली बार सिगरेट पीते हुए देखा था। हाथ मे जाम का गिलास भी था। किसी आधुनिक सजीली युवती से बातचीत मे मशगूल था। काफी दिनों बाद सिद्धार्थ को इतना हँसते-मुस्कुराते देख रही थी। मेरे साथ तो हमेशा इतना गंभीर रहते हैं और इस महिला के साथ... ये वही फोन वाली तो नही? यहाँ वो बच्चा पालने मे व्यस्त थी और उसका पति उसके पीठ पीछे गुलछर्रे उड़ा रहा था! वो देखो बाकी अफसर किस तरह अपने बच्चे को गोदी मे लेकर घूम रहे हैं। कोई अपनी पत्नी को कुछ खाना लाकर दे रहा है, कोई कोल्डड्रिंक्स या कोई बच्चे को संभाल रहा है और ये साहब! इन्हे तो कोई परवाह ही नही। अपनी सिगरेट, शराब और मस्त नैनमटक्का। और क्या चाहिये!

इससे ज्यादा देविका को एक बात और खल रही थी। सभी अफसर की पत्नियां आपस मे एक दूसरे के साथ घुल मिल रही थीं, हँसी-मज़ाक कर रही थी। लेकिन उससे कोई भी बात नही कर रहा था। वो इतने दिनों बाद पार्टी मे आयी थी। उसकी जो सहेलियाँ हुआ करती थीं वे शायद उसे भूल भी चुकी थीं। और शायद उसका पति भी। वो अलग-थलग एक कोने मे अकेले खड़ी थी। भीड़ मे खुद को

अकेला पाकर वो शर्मिंदगी महसूस कर रही थी। ऐसे मे फिर उसका पति उसके साथ न था।

सिद्धार्थ भले ही मिसेज़ लीना से बात कर रहा था लेकिन उसका ध्यान देविका की तरफ था। उसे भी इतने लोगों के बीच देविका के अकेले खड़े रहने से शर्मिंदगी हो रही थी। किस बात का घमंड है देविका को? देखो सभी किस तरह आपस मे मिल जुल कर हँसी मज़ाक कर रहे हैं। पर देविका अपना अलग खड़ी है। आप लोगों से मित्रता का हाथ नही बढ़ाएंगे, तो लोग आपकी तरफ क्यों हाथ बढ़ाएंगे? क्या तुम दुनिया की अकेली औरत हो जिसके बच्चा हुआ है? पता नही था कि देविका ऐसी होगी। पूरी जिंदगी अकेली कटी। सोचा शादी से किसी का साथ मिलेगा, दोस्त मिलेगा, प्यार से जिंदगी गुज़ार देंगे। क्या पता था मेरी किस्मत मे सूनेपन की काली स्याही के इलावा कुछ नही। वापस आते समय दोनो ने एक दूसरे से बात करने की तकलीफ न उठायी।

सिद्धार्थ! वो प्रेसेंटेशन रेडी हो गई? सी.ओ सुबह बटालियन पहुँचते ही सिद्दार्थ के ऑफिस मे आ गये। कोई बहुत ज़रूरी काम होने पर ही ऐसा होता था।

येस सर, लगभग, सिद्धार्थ खड़ा होकर कमप्यूटर पर प्रेसेंटेशन बना रहा था।

थोड़ा जल्दी करना।

कल शाम को ही तो बताया है। पूरी रात लगी एनिमेशन फिट करने मे। डीटेल मे कोई कमी रह गई तो मुझे ही डाटेंगे। सिद्धार्थ ने मन ही मन कोसा।

ओह! चाय फिर ठंडी हो गई।

ये लो सीडी साहब के कमप्यूटर पर लोड कर दो। क्लर्क को सी.डी देते हुए सिद्धार्थ ने कहा।

अरे ये चाय दोबारा गरम कर के लाना।

सिद्धार्थ थक कर अपनी कुर्सी पर लुढ़क गया। एक तो दिन भर ऑफिस मे खपो और फिर घर जाओ तो बीवी एसी शक्ल बनाती है जैसे पता नही कौन सी मुसीबत वापस आ गई। खाना-पीना दूभर, उपर से व्यवहार भी खराब, कोई भी गुण नही। पता नही कहाँ से कौन गले पड़ गई। अब तो जिंदगी भर के लिये फंस गया हूँ। पिछले जन्म मे कुछ बुरे कर्म किए होंगे।

हॉल मे किचन के सामने वाले हिस्से मे खाने का टेबल लगा हुआ था। किनारे पर एक हाथ धोने का एक वॉश बेसिन भी था जिसके उपर शीशा लगा था। सिद्धार्थ खाने के समय वहाँ हाथ धोया करता था। शाम को देविका खाने के टेबल पर ग्रीन-टी रखा करती थी। पहले वह ग्रीन-टी का पाउच गरम पानी मे डाल दिया करती थी। आज जब देविका ने गरम पानी का कप वहाँ रखा तो पाउच गरम पानी के बगल मे ही उठा कर फेंक दिया। फिर कुछ सोचा और वापिस आकर पाउच खोलकर टी बैग गर्म पाना मे अनमने ढंग से डाल दिया। सिद्धार्थ उस वक्त हाथ धो रहा था। उसने य़ह सब शीशे मे देख लिया था। बात तो मामूली थी पर चोट कर गयी। अहं बड़ा कठोर होता है। शीशे की तरह। ज़रा सी चोट लगी और टूट गया।

राकेश! सिद्दार्थ ने अपने घर के काम काज संभालने वाले को बुलाया ।

जी साब !

राकेश तुम घर का सारा सामान ले आये ?

जी साहब, वो तो कल ही ले आया ।

सुनो! कल से मेरी चाय तुम दे दिया करना।

ठीक है साब ।

देविका और सिद्दार्थ संवेदनहीनता और कठोरता के ऐसे दुष्चक्र मे फँसे हुए थे जहाँ अपनी भावनाओं की कद्र न होने पर दोनो के मन मे हर समय एक दूसरे के प्रति रोष की भावना बनी रहती। यही भावना प्रत्यक्ष एवं अप्रत्यक्ष रूप से एक दूसरे के प्रति उनके व्यवहार मे प्रकट होने लगी। दोनो अपने अंदर ही सिमटने लगे। दूरियाँ बढ़ने लगीं। सिद्दार्थ ज्यादातर घर से बाहर रहने लगा। धीरे-धीरे घर मे खाना भी बंद कर दिया। लेकिन अब देविका को कोई फ़र्क़ भी नही पड़ता था। शिकायतों के बाद अपेक्षाएं भी समाप्त होने लगीं। बढ़ती दूरियों के बीच की ज़मीन धीरे-धीरे एक सूखे बंजर वीराने मे बदलने लगी जिसमे सिर्फ रोष की तपती हवा गूंजती रहती। कुंठित, अशांत, क्रोधित।

१३

लेकिन इस वीराने मे एक अकेला फूल खिल रहा था। कार्तिक लगभग तीन साल का हो गया था। सूने घर मे बस उसी की किलकारियाँ गूँजती रहती जो इस खालीपन मे और जोर से गूँजती। इस परिवार को अगर परिवार कहने का कोई कारण था तो सिर्फ कार्तिक। दो अनचाहे सहपथिकों को बाँध कर रखने वाली कोमल सी एक डोर। लेकिन माँ-बाप के मनमुटाव के चलते घर मे उसके साथ खेल खिलवाड़ करने को कोई न रह गया। सिद्दार्थ पहले उसे बाहर अलग-अलग जगह पर घुमाने-खिलाने ले जाया करता थ। अब वह अक्सर घर मे न रहता । घर की नीरस वातावरण ने उसकी बाल ऊर्जा को निरुद्द कर रखा था। रात-रात भर जगा रहता, भागता रहता, अकेले ही खेलता रहता। पहले तो उसकी शरारतें घर तक सीमित थीं लेकिन दिन-प्रतिदिन उसका उत्सुक मन घर बाहर की उथल पुथल की तरफ आकर्षित हो रहा था।

शाम ढल रही थी। आती सर्दी मे अंधेरा भी जल्दी छाने लगा। लेकिन अभी तक सिद्दार्थ ऑफिस से वापिस नही आया था।

आज ही इनको देर से आना था। देविका भारी बेचैन थी। पलकों पर उसके बेबस आँसु बस टपकने को थे।

राकेश भी इतना परेशान की बैठ नही पा रहा था। मोबाईल पर बात बात भी नही हो पा रही थी। ठिठुर रहा था, पता नही ठंड से कि डर से। गेट के बाहर लगातार चहलकदमी कर रहा था कि तभी आती जिप्सी की हेडलाइट उसपर पड़ी।

सिद्धार्थ जब गाड़ी से उतरा तो मानो जीवन का एक दिन और खो कर आ रहा हो। दो बजे ऑफिस का समय समाप्त होता है और आज साढ़े छह बजे ऑफिस से छूट पाया। हद होती है आज तो ड्रिंक लेनी ही पड़ेगी। खाने को भी कुछ अच्छा मंगाना ही पड़ेगा। देविका को तो पता ही नही लगेगा कि इसे भूख लगी है। उसने खुद ठीक से खा लिया तो समझ लो सबका पेट भर गया। अब तक मन मे रोष की तीव्रता काफी बढ़ चुकी थी। गाड़ी से उतर कर घर मे जाने लगा तभी राकेश बोला।

साहब!

हुँम।

साहब कार्तिक!

चलते-चलते सिद्धार्थ ठिठका। पीछे मुड़ा। क्रोध या तनाव की कगार पर सिद्दार्थ का चेहरा भावशून्य हो जाता था।

साहब कार्तिक नही मिल रहा है।

कबसे।

साहब चार बजे पार्क मे थे तब से।

पार्क मे थे? तुम उसके साथ थे?

मेमसाहब उसके साथ थी।

फिर कहां गया?

राकेश सहम गया। साहब मेम साहब ने सामान लेने भेजा था। तो मैं सामान लेने गया था।

मेमसाहब ने सामान लेने भेजा था? क्या पागलों वाली बातें कर रहे हो? मुझे फोन क्यों नही किया?

लेकिन अभी इन सब बातों का समय नही था। अभी और अंधेरा होने से पहले कार्तिक को ढूंढना ज़रूरी था। सिद्धार्थ ने कुछ सोचा और फोन निकाला।

हाँ वरियाम साहब!

हाँ साहब! जय हिंद साहब! एक समस्या हो गई है.....

आखिर अंधेरा हो गया। आस-पास के लोगों से पूछ-ताछ हुई तो जल्द ही पड़ोसियों, अफसरों और उनके परिवारों को भी कार्तिक के खोने की बात का पता लग गयी। आज तक कैंटोनमेन्ट मे जो सिद्धार्थ को नही जानता था वो भी जान गया। अलग-अलग कहानियाँ और अफवाहें उड़ने लगीं। कौन सा बच्चा, किस गाँव मे, किस शहर मे कब खोया, कैसे खोया, जिसकी लाश आज तक न मिली, किसको किस शैतान ने सैंडविच बना कर खा लिया, हर तरह की अफवाहें बीमारी की तरह हवा मे फैल गयी। सिद्दार्थ और देविका की बैचैनी डर मे बदल गयी। बटालियन के जवान, अफसर, आदि रात भर कार्तिक को ढूँढते रहे। उधर सिद्धार्थ अकेले ही कार्तिक को ढूँढने निकल पड़ा था। उन सभी जगह, जहाँ कभी वो उसको खिलाने लेकर जाया करता था। कैंट मे फैली झाड़ियो और जंगलों मे टॉर्च की लाइटे रात भर इधर उधर फिरती रहीं। अफसर और जवानों की पत्नियाँ देविका को सांत्वना देती

रहीं तो देविका ढाढस किसी तरह बंधा रहा। लेकिन सिद्दार्थ को अंधेरे मे न तो कार्तिक मिला और न ही कोई ढाढस बंधाने वाला। हार कर वह एक झाड़ी के पीछे छुप कर बैठ गया और रो पड़ा। सिसकते हुए उठा और फिर कार्तिक को ढूंढने निकल गया। आखिरकार सुबह हुई, कार्तिक उसी पुलिया के पास सोता मिला जहाँ सिद्दार्थ एक बार उसे घुमाने लेकर आया था। कई दिनो से पापा से न मिल पाने कि वजह से उसने सोचा कहीं पापा पुलिया पर तो नही चले गए? वहाँ पापा को ढूढने आया था, नही मिले तो उसका वहीं इंतजार करते-करते सो गया।

सभी लोग बधाई दे कर चले गए। रात भर लोगों के बातों ने देविका को किसी तरह संभाल लिया। पर सिद्धार्थ अकेलेपन और क्षोभ के दावानल से झुलस कर आ रहा था। अपने आप को वह घोर अपमानित महसूस कर रहा था। भले ही लोगों ने सांत्वनाएं दी हों पर मन ही मन तो सब इसे लापरवाही ही मानेंगे और लापरवाही थी भी। किसकी?

देविका ने सिद्दार्थ की तरफ ऐसे देखा मानो प्रार्थना कर रही हो कि गलती उसकी न थी। सिद्धार्थ की बेचैनी और दुख से वह आशवस्त हुई की सिद्धार्थ को कम से कम कार्तिक कि चिंता तो थी। उसके अंदर उनके लिए शायद कुछ भावनाएं अभी भी जीवित थी। उधर सिद्धार्थ अपनी ही भावनाओं मे झुलसा हुआ था। न ही उसने देविका से कुछ कहा और न ही कार्तिक से। एक हारे हुए इंसान की तरह फिर अपने कमरे मे गया और दरवाज़ा बंद कर लिया।

इस घटना के बाद सिद्धार्थ का चिढ़चिढ़ापन दिन ब दिन बढ़ता चला गया। हर छोटी बात पर वह बिफर उठता। देविका के मन मे जो आशा का झरना फूटा था वो भी ऐसे व्यव्हार से धीरे-धीरे सूखने लगा। उधर सिद्धार्थ का देविका पर से विशवास पूरी तरह उठ चुका था। उसे इस बात का यकीन हो चुका था कि देविका बाकी ज़िम्मेदारियों के अलावा कार्तिक की भी ज़िम्मेदारी लेने मे असमर्थ है।

उधर बच्चा तीन घंटे गायब रहा और अपने कमरे मे सिसकियाँ लेने के अलावा इसके पास कोई चारा न था! कार्तिक को देविका के भरोसे छोड़ कर मैने बहुत बड़ी गलती की। और अब कार्तिक दिन ब दिन काबू से बाहर हो रहा है। दमनित रोष मन मे लावे की तरह उबल रहा था।

सिद्धार्थ का घर भूतल पर था और अफसर कॉलोनी के पिछले द्वार के बिलकुल सामने था। द्वार के सामने कैंट की एक सड़क गुजरती थी। सिविल रोड के बनस्पत इस रोड पर कम ही ट्रेफिक रहता था। इसलिये जो भी ट्रेफिक इस रोड से निकलता, काफी तेज गति से ही निकलता था। पिछला द्वार होने के कारण आम सैन्य द्वारों की तरह यहाँ कोई फौजी संत्री नही बैठता था।

सर्दी की शांत दोपहर मे देविका बाहर गार्डन मे बैठी थी। पता नही गुनगुनी धूप मे उसे कब उसकी आँख लग गई और कब कार्तिक उत्सुकतावश पिछले द्वार की सड़क पर चला गया। सिद्धार्थ आम दिनों की तरह चिढ़ा हुआ घर वापिस आया। देखा तो कार्तिक गेट के बाहर धूल उड़ा रहा है और देविका बगीचे मे बेसुध नींद फरमा रही है।

तभी एक फौजी ट्रक हॉर्न बजाते हुए तेज़ी से कार्तिक के पास से निकला। ये देखते ही उस भयानक रात की बदहवासी दोबारा सिद्धार्थ की आँखो के सामने से गुज़र गई। उसके संयम का बांध टूट गया। वो बाहर खड़ा-खड़ा ही चिल्लाने लग पड़ा।

उधर बच्चा रोड पर खेल रहा है! आस पास से गाड़ियाँ तेजी से गुज़र रही हैं! कोई कुचल के चला गया तो पता भी न चलेगा! बच्चा रोड पर मरे हूए कुत्ते की तरह पड़ा रहेगा। पर तुम्हे यहाँ आराम फरमाने से फुर्सत कहाँ है!

देविका हकबका कर उठी।

तभी एक और ट्रक के आने की आवाज़ आयी। सिद्धार्थ का दिल धक सा हो गया। वह कार्तिक की ओर भागा। कार्तिक! कार्तिक! उधर मासूम कार्तिक ने सोचा पापा उसके साथ पकड़म-पकड़ाई खेल रहे हैं। वो भी चहकता हुआ आगे-आगे भागने लगा। ट्रक नज़दीक आ रहा था। सिद्धार्थ की छाती फटी जा रही थी। वह बेताहाशा भागा। कार्तिक को पीछे से पकड़ा। कार्तिक फिर भागने को हुआ। सिद्दार्थ ने घुमाया और ज़ोर का तमाचा जड़ दिया। कार्तिक स्तब्ध रह गया। कोमल गोरे गाल रक्त लाल पड़ गये। पिता के दिल से कराह फूट पड़ी 'आह!'। सिद्दार्थ हाथ से छूट गया। कार्तिक को होश आया। चिल्ला कर रो पड़ा। देविका दिल और दिमाग दोनो फट पड़े।

आपने एक मासूम पर हाथ उठाया!! आप को भगवान ने ताकत इसलिए दी जिससे आप हमारे उपर हाथ उठा सकें?

चुप करो! बच्चा बाहर सड़क पर खेल रहा है और तुम सो रही हो? और यह कोई पहली बार नही हुआ। माँ बन जाना ही काफी नही, ज़िम्मेदारी भी उठानी पड़ती है।

हाँ तो मैने कौन सी ज़िम्मेदारी पूरी नही की? रात रात भर जगती हूँ उसके लिए। आप तो अपनी नींद पूरी करने के लिए दूसरे कमरे मे चले गए! मैने उसको अकेला बड़ा किया और पाला है।

हुँह! खाक बड़ा किया है! और इस कैंट की पूरी फौज को पता है कि बच्चे को तुमने कितने ध्यान से पाला है। तुम्हारी वजह से मुझे अपमान और जग हँसाई के ईलावा कुछ नही मिला। तुम्हे न घरेलु काम आते हैं, न बाहर के और न ही तुम्हे समाज मे रहने का सलीका पता है। मगर फिर भी न तो तुम कुछ सीखने के लिए तैयार हो और न ही तुम अपनी गलती मानती हो।

क्या नही सीखा। अब मै खाना नही बनाती? काम नही करती? क्या मै कुछ भी नही....

हाँ हो! तुम मेरा दुर्भाग्य हो !!!

क्रोध का नशा जब उतरता है, पूरा अस्तित्व पश्चाताप की कड़वाहट से भर जाता है ।

ओह! यह क्या कर दिया!! यह क्या कह दिया!!

कार्तिक को मारे हुए थप्पड़ से सिद्दार्थ घायल था। रात के सूने अंधेरे मे, बादल गड़गड़ा रहे थे। दुख से रोम-रोम कराह रहा था। खिड़की पर पड़ते बारिश के छींटों मे उसका निर्जन बचपन उसकी आँखो के सामने बहने लगा। किस प्रकार माँ के जाने के बाद उसका जीवन अकेले ही कटा।

समय के प्रक्षोभ प्रवाह मे अकेले टूटे फूल की तरह बहता रहा। किस तरह हर चरण पर उसे समाज की अवहेलना, अपमान और हिंसा का सामना करना पड़ा। और आज! आज वही हिंसा और वही अपमान उसने अपने अपने निश्कलंक पुत्र को वसीयत कर दी। अपनी कुँठा को एक खिलखिलाते फूल पर फूंक दिया। इंसान कितना भी चाहे पर अपने अतीत से छुटकारा नही पा पाता। कुंठा, अपमान, हिंसा के घाव उपरी तौर पर तो भर जाते हैं पर अंदर ही अंदर कुढ़ते रहते हैं, नासूर बन जाते हैं और उनका दर्द अपने अस्तित्व का हिस्सा बन जाता है। आदमी को दुख होता नही वह स्वयं दुख बन जाता है। उसकी तरह। सिद्धार्थ का दिल भर आया। आंसू रोके न रुके।

अरे कार्तिक तो अपने बाल धर्म के अनुसार ही चल रहा था, मुझे पितृ धर्म का संयम रखना चाहिए था! ओह! आदमी के क्रोध का परिणाम उनको भोगना पड़ता है जिससे वह सबसे ज्यादा प्रेम करता है । ये मैने क्या किया! वही किया जो मै कार्तिक के साथ कभी नही करना चाहता था। जो दुख मैने सहा वो दुख मैने कार्तिक को क्यों दिया! मै अपने अतीत से बाहर नही निकल पाया बल्कि उसे आने वाले भविष्य पर थोप दिया।

मन मे उफान उठा की जाकर कार्तिक को गले लगा ले। रहा न गया तो झटके से उठा और अपने कमरे से बाहर निकला। लेकिन देविका के कमरे का दरवाज़ा बंद था। घर खाली, अंधेरा, सूना। वह दोबारा क्लेश का बवंडर खड़ा नही करना चाहता था। आँसू पोंछे, कैबिनेट के पास पहुँचा और शराब की बोतल निकाल ली।   शराब अंदर जाते ही रोष की ज्वाला भभक उठी।

देविका भी साथ नही देती। न सुनती है, न समझती है, न ही बातों मे परिपक्वता है, न ही ज़िम्मेदारियों का पता। देविका तुम पता नही कब तक बच्ची बनी रहोगी। तुम माँ तो बन गई पर अभी तक तुम पत्नी नही बन पायी। अपने बच्चे से तो जानवर भी प्रेम करता है और उसके लिये प्राण देने को तैयार हो जाता है। प्रेम की पराकाष्ठा तो वो है जो उनके प्रति अपने मन मे संवेदना रखे जिससे आपका कोई रक्त संबंध ना हो। अगर इंसान दूसरे के प्रति अपनी मामूली जिम्मेदारियों को समझ भर ले तो ये समस्यायें जन्म ही न लें। मगर कुछ लोग इतनी सी बात को नही समझते। घर के ज़रुरी काम नही जानते। दूसरों की मजबूरी नही समझते, ज़रूरतें नही समझते, सिर्फ और सिर्फ अपनी ज़रूरतें ही समझते हैं, अपनी ही प्रवृति के अनुसार चलते हैं।

रात और नशा जब दोनो गहरे हो गए, तब सिगरेट के धुँए मे धुँधलाया हुआ सिद्धार्थ अपने बिस्तर पर लुढ़क कर बेहोश हो गया। सुबह उसी मानसिक शून्यता मे दफ्तर चला गया, जिसकी अब उसे आदत पड़ती जा रही थी।

१४

दरवाजा अधखुला था। सिद्दार्थ को थोड़ा संदेह हुआ। अंदर झांका। अंधेरा था। सामने खिड़कियों से घुसती रोशनी की धार, चमकती तलवार सी फर्श पर गड़ी थी। दबे पाँव अंदर घुसा, फिर भी घर मे उसके जूतों की कड़कने की आवाज़ गूंज रही थी। घर मे अजीब सा खालीपन था। टेबल पर खाना रखा था। देविका! देविका! कोई जवाब नही। देविका के कमरे की तरफ मुड़ा। हिचकिचाया। अंदर गया। साफ-सुथरा। हर सामान अपनी जगह। लेकिन खाली। पीछे मुड़ा। अलमारी खुली थी। बीच मे एक संदूकची रखी थी। देविका के गहने। संदूकची के पास उसका उपहार-आभूषण का सेट रखा था। हैंगर मे उसकी दी हुई हरी साड़ी टंगी थी। बाकी अलमारी खाली। न कार्तिक के कपड़े थे न देविका के।

कार्तिक! कार्तिक!

मोबाईल पर कॉल किया। रिंग गई। कोई जवाब नही। दोबारा, तिबारा। कोई जवाब नही। क्या देविका चली गयी? नही! ऐसे थोड़ी न चली जाएगी... हो सकता है कहीं बाहर गई हो... कोई घर मे तो नही घुस आया? अनजान शहर मे... दोनो का किसी ने अपहरण तो नही कर लिया! कोई कार्तिक को तो नही ले गया? फिर देविका उसके पीछे-पीछे

१४२

गई हो! पड़ोसियों से पूछूँ, राकेश भी तो यहीं होगा उससे पूछूँ? नही! वे क्या सोचेंगे? मेरे उपर ही शक करेंगे। फिर खबर उड़ेगी, फिर मेरा तमाशा बनेगा, फिर लोग मेरा मज़ाक उड़ाएंगे, फिर मेरा अपमान होगा। क्या करूँ? पता नही वह खुद गई है या कोई उठा ले गया!

सिद्दार्थ कमरे मे बदहवास चहलकदमी करता रहा। क्या करूँ! सिगरेट! उफ! सिगरेट कहाँ है? कहाँ रख दी? सिद्दार्थ अपने कमरे मे गया। टेबल के ड्रॉर मे, अलमारी मे हर जगह सिगरेट ढूँढने लगा। आखिर सिगरेट का पैकेट मिल गया। सिगरेट जलाई। एक लंबी कश ली। धुँआ फेफेड़े की गहराईयों तक उतर गया। रोम-रोम झुलस गया।

वो मुझे छोड़कर चली गई! कार्तिक को मेरी याद आएगी। कार्तिक! कार्तिक!

देविका घर ही जाएगी! हो सकता है अभी तक ट्रेन पर चढ़ी न हो। हो सकता है रस्ते मे हो! जाकर स्टेशन पर देखता हूँ। किस रस्ते से गयी होगी? उसी रस्ते पर जाता हूँ। अचानक वह उठा और बाहर निकल गया। घर बंद करना भी याद न रहा। कार की तरफ जाने लगा। बाहर चार-पाँच सैनिक खड़े थे। लगा सभी उसे देख रहे हैं। वह नज़रें बचा कर आगे जाने लगा। लगा पीठ पीछे हँस रहे हैं, बातें कर रहे हैं। क्या बोल रहे होंगे? शायद इसकी मर्दानगी मे कमी है। बीवी को संतुष्ट नही कर पाया होगा। किसी के साथ चली गई होगी। हा! हा! हा! नही! दहेज माँग रहा होगा। गुस्सैल है, मारपीट की होगी। हो सकता है अपनी पत्नी और बच्चे का मर्डर कर दिया हो! अभी मासूम बन रहा है। आजकल यही सब चल रहा है। इसकी

पुलिस मे रिपोर्ट कर देनी चाहिए। कार स्टार्ट की, थोड़ा आगे गया।

स्टेशन जाने के तो दो-तीन रास्ते हैं। कौन से रस्ते से गई होगी। मै कौन से रस्ते से जाऊँ? हाँ ऑटो से गई होगी। ऑटो वालों से पूछता हूँ आमतौर पर वे किस रस्ते से जाते हैं।

रात हो चुकी थी। अब तक वह देविका को लगभग पचास बार फोन मिला चुका था। अब फोन स्विच ऑफ आ रहा था। स्टेशन पर लखनऊ जाने वाली सारी ट्रेनों का पता किया, सारे प्लेटफार्मों पर ढूँढ लिया। न देविका दिखी, न कार्तिक मिला। लेकिन कार्तिक की आवाज रह-रह के दूसरी आवाज़ों मे मिली उसके कानो में किसी दिशा से आती, और वो उसी दिशा मे अचानक मुड़ जाता और उधर ही चल पड़ता। आखिरकार मोबाइल पर फोटो दिखाकर दूसरों को पूछने लगा। पर कुछ पता न लगा। मजाक ही बना। लोग उसी की तरफ घूर-घूर कर देखने लगे हताश होकर कार मे आकर बैठ गया। नजर रियर व्यू मिरर पर पड़ी। अपनी शक्ल दिखी। दिल ढह गया। बिखर गया। सिसकियाँ फूट पड़ी, आँसू बेतहाशा आँखो से फूट पड़े। सिसकते, सिसकते कार्तिक! कार्तिक! पुकारते हुए सिद्दार्थ ने अपना मुँह अपने हाथों मे छुपा लिया।

ये तो जनरल का टिकट है! इस टिकट मे यहाँ नही बैठ सकतीं। टिकट बाबू ने देविका से कड़े स्वर मे कहा। तभी उसकी नज़र कार्तिक पर गई। लाल गाल और आंख के किनारे हल्की सी खरोंच। देविका को देखा। पलकें भीगी,

चेहरा सूखा, चोटी से कुछ बाल बिखर के हवा मे उड़ रहे थे। ऐनक के उपर से देखते हुए मद्धम आवाज़ पूछा।

कहाँ तक जाएँगी।

लखनऊ। देविका ने टिकट बाबू को बिना देखे कहा।

फिलहाल बैठिए, देखता हूँ आगे कोई सीट खाली होती है तो। लेकिन आपको किराया देना पड़ेगा।

बोगी खचाखच भरी हुई थी। जहाँ देविका बैठी थी वहाँ आस-पास सिर्फ मर्द बैठे थे। एक नौजवान औरत को अकेली देखकर उनकी अनर्गल आँखें स्वतः ही बार-बार उसकी तरफ मुड़ जाती। एक अधेड़ पुरुष ने चिप्स का पैकेट आगे बढ़ाया और लालची आँखो से मुस्कुराते हुए कहा, लो न बच्चे! आप भी लीजिये न! लखनऊ जा रही हैं?

दूसरी तरफ एक दुबला पतला नौजवान बैठा था। पान से होंठ लाल, ब्लीच किए हुए सुनहरे कुकुरमुत्ते बाल और पिचके हुए गाल, जिनके बीच से आधे पीले और आधे कत्थई दांत हर किस्म की टेढ़ी-मेढ़ी बनावट का नमूना पेश कर रहे थे। इसके बावजूद इस नौजवान मे पढ़े लिखे युवकों वाली हिचकिचाहट न थी। बुद्दी भले ही मंद हो, बचे हुए कण-कण से तीव्र आत्मविश्वास से फूट रहा था। बड़ी रोमाँटिक अदा से कहा, दूध ला दूँ? बच्चा भूखा होगा! बाकी दूसरे मर्द शरारती मुस्कुराहट के साथ चाय की चुस्कियां ले रहे थे। एक अकेली औरत को देखकर की संस्कृति और सभ्यता की परतें धीरे-धीरे उधड़ने लगीं। दूसरे की दुख मे कुछ मौका तलाश रहे थे और बाकी तमाशा देख रहे थे। देविका से और बर्दाश्त न हुआ।

नही भैया! आप खुद ही थोड़ा खाओ पियो।

टिकट बाबू की मेहरबानी कहें या समझदारी, देविका को सीट मिल ही गई। उधर कार्तिक के लिये ट्रेन का सफर किसी रोमाँच से कम न था। अपने साथ हुई हिंसा को तो कब का भूल चुका था। खिड़की से बाहर का गुज़रता हुआ नज़ारा देख वह काफी उत्साहित था। जिस उत्सुकता के कारण उसे पहली बार पिता से मार पड़ी उसी उत्सुकता को आज पूरी तृप्ति मिल रही थी। देविका की मोबाईल पर बार बार कॉल आ रहे थे। आखिर उसने फोन बंद कर दिया।

देविका खुद पर हैरान थी। उसे विश्वास ही नही हो रहा था कि उसने ऐसा कदम उठा लिया। अभी वह भूत और भविष्य के बारे मे कुछ सोचना नही चाहती थी। डर था कि डर न जाए। कुछ बड़े कदम बिना सोचे-समझे ही उठाए जा सकते हैं।

पर विचार रुकते कहाँ हैं। ट्रेन भड़भडाते हुए अंधेरे की चीरती हुई सरपट ऐसे भाग रही थी मानो पटरियाँ छोड़ देगी। देविका के सीने मे क्रोध की ज्वाला भभक रही थी। रोष उसकी नसों मे जलते अंगारों की तरह दौड़ रहा था। उसके मन मे मेरे लिए प्रेम तो क्या कोई भी भावना नही। दादी के के समय वो मेरे साथ नही था। कार्तिक के होते समय भी नही। अगर मेरे लिये थोड़ी भी भावना होती तो क्या हर दुख हर दर्द सहने के लिए मुझे अकेला छोड़ देता? उसके लिए मैने खुद को बदल दिया पर उसको न बदल सकी। मुझे कुछ नही आता, मै किसी लायक नही। उसके लिये मै बेकार हूँ, टोटल वर्थलेस! आँख से गिरते आँसू को पोंछा। और फिर कार्तिक! कार्तिक को मारा! इस

मासूम को! वो जो तुम्हारा दिन भर इंतज़ार करता है। तुम्हे ढूंढते-ढूंढते खो जाता है! और उसको तुमने यह उपहार दिया? सोते कार्तिक का निश्चल चेहरा देख माँ के दिल से आह फूट पड़ी। क्रंदन गले मे घोंट लिया पर आँसू रुक न सके। ट्रेन के ककर्शनाद मे घुलित देविका का अंतर्नाद अंधेरे मे चीखता चला जा रहा था।

सुलोचना घर के गेट पर ही खड़ी थी। देविका के आने का इंतज़ार था। सिद्धार्थ ने फोन करके कार्तिक के साथ हुई घटना का हवाला देते हुए देविका का अता पता पूछा था। सुलोचना चिंतित भी थी, खुश भी। देविका को देखते ही अनायास ही दिल मे चैन और होठों पर मुस्कुराहट आ गई। कार्तिक को देख कर तो सुलोचना मानो भूल ही गई कि वह किस वजह से घर वापिस आई है। उसने झट पोते को गोद मे उठाया और चूम लिया। माँ को देखकर बेटी के आँखों से दुख, दर्द और थकान छलक पड़े। वह माँ के गले लग पड़ी। पर माँ ने बस हल्के से पीठ पर हाथ रखा। देविका को कुछ अजीब लगा और वो धीरे से अलग हो गई।

दोनो को अंदर भेज सुलोचना ने अपना मोबाईल उठाया, बाहर आई और कॉल लगाया। हेलो सिद्दार्थ! देविका यहाँ पहुँच गई है। हाँ, कार्तिक भी। हाँ ठीक हैं।

सी.ओ की सालगिरह के उपलक्ष्य मे उनके घर मे पार्टी थी। सभी अफसर आमंत्रित थे। सपरिवार। व्याकुलता से सिद्धार्थ के दिमाग की नसें फटने को हो रही थीं। सभी अपने बीवी-बच्चों के साथ आएंगे और मैं? फिर कुछ बहाना बनाना पड़ेगा। पर बहाने आखिर बहाने होते हैं, लोगों को पता लग जाता है। उफ! ये पार्टीयां क्यों होती हैं? इसमें जाना जरूरी क्यों है? सी.ओ को मना भी तो नही कर सकता!

देविका के चले जाने की बात सिद्दार्थ ने अभी तक किसी को बताई नही थी। रविंद्र बाबू को भी नही। वो क्या सोचेंगे? उस दिन से सिद्दार्थ ने लोगों से मिलना-झुलना बिलकुल कम कर दिया था। बस काम के मतलब से ही लोगों से बातचीत करना। शाम होने के बाद घर वापिस और फिर, बस घर मे ही रहना। दुख और शर्मिंदगी के नशीले, अंधेरे खालीपन में।

उफ! सब पूछेंगे तो क्या बताउंगा? कैसे वक्त कटेगा? सपरिवार, हुँह!

किसी तरह बेमन तैयार हुआ। व्यवसायिक और सामाजिक क्रिया-कलापों के प्रति मन में कभी ऐसा प्रतिरोध नही हुआ। ऐसा लग रहा था मानो लोग उसे नंगा करके

घर से बाहर खींच रहे हैं और हँस रहे हैं, ठहाके लगा रहे हैं। हिचकिचाते, कोसते, किसी तरह मुरझाए मन को बनावटी मुस्कुराहट से सजा कर सी.ओ के बंगले पर पहुँचा और अंदर दाखिल हुआ।

हल्लो सिद्दार्थ! वेलकम!... अरे! मैम और कार्तिक कहाँ हैं? अपेक्षित सवाल।

ओह! सर मै बताना भूल गया। उसके पापा की तबियत ठीक नही चल रही है तो वह लखनऊ गई है।

ओह! सब ठीक तो है? कर्नल नटराजन ने सिद्दार्थ की आँखों मे आँखे गढ़ा कर पूछा।

येस सर! अभी सब ठीक है।

तुम साथ नही गये? सी.ओ की आँखे सिद्धार्थ की मन के तहखानों में झांकने लगी। तुम छुट्टी ले लेते ऐसी कोई एमरजेंसी तो थी नही।

सर छुट्टी माँगता तो एमरजेंसी पैदा हो जाती। तपाक से जवाब आया और काम कर गया।

आह! हा! हा! नो नो! सिद्दार्थ ऐसा कुछ नही तुम जब चाहे छुट्टी ले सकते हो! बहरहाल कौन सी ड्रिंक लोगे?

सिद्दार्थ को सब से नफरत हो रही थी। लोगों के सवाल उसके घाव मे नश्तर की तरह चुभ रहे थे। छुट्टी ले लेते, हुँह! अपनी जिंदगी से बोर हो चुके लोगों को दूसरे की जिंदगी मे झाँकने का ज्यादा ही शौक होता है। ये जो अपनी पत्नी खो पालतू कुत्ते की तरह हर जगह लेकर घूमते हैं! सिर्फ लोगों को दिखाने के लिए कि मै एक

शरीफ आदमी हूँ। शांत स्वभाव का सामाजिक आदमी। मै मारपीट नही करता। मेरा परिवार सुखी है। लेकिन मै जानता हूँ कि सच्चाई क्या है। ये साथ तो हैं पर ये इनका प्रेम, प्रेम नही दिखावा है, सामाजिक मुखौटा है, झूठ है। हुँह! सिर्फ प्रदर्शन, शराफत का लेबल! लेकिन मेरा देविका के प्रति जो भी है, जितना भी है, सच है। सच तो यह है कि मेरा अत्यधिक प्रेम ही मेरे क्रोध का कारण है।

उफ! मै ये क्या सोच रहा हूँ। बस कुछ देर कुछ नही सोचना चाहता।

राघव! एक रम। लार्ज!

घर पहुँचने की खुशी जल्द ही फीकी पड़ने लगी। देविका को आभास होने लगा था कि अब यह घर उसका वो पहले वाला घर नही था। दादी थी नही। पापा अपने आप मे कहीं गुम होते चले जा रहे थे। सुलोचना के व्यवहार मे भी माँ का खुलापन नही बल्कि एक संकोच था, संशय था। दिन भर आपस मे गप्पे लड़ाने वाले माँ-बेटी के बीच घंटों कोई बात न होती। लेकिन इस चुप्पी मे कई व्याकुल प्रश्न छुपे थे। देविका भले ही शून्य मे कहीं देख रही होती पर उसे मालूम होता कि माँ उसकी ओर देख रही है। मानो पूछ रही हो कि वापिस जाने के बारे मे क्या सोचा?

माँ अब मैं वहाँ वापिस नही जा सकती। अब मै वहाँ वापिस नही जाऊँगी बस! अचानक देविका बोल पड़ी।

लेकिन सुलोचना ने तो कुछ पूछा ही नही था। वह कुछ देर चुप रही। सोचती रही। धीरे-धीरे उसका चेहरा लाल पड़ने लगा।

तो क्या चाहती हो तुम? अब तुम बच्चे के साथ यहाँ रहोगी? अब हम इस बुढ़ापे मे तुम्हे पालें? इतना देख सुन के ही एक अच्छे लड़के से तुम्हारी शादी की थी!

क्या देख सुन के? उसने मुझे मारा उसका क्या?

उसने तुम्हे नही, कार्तिक को मारा!

हाँ वही। लेकिन उसे मेरी कोई परवाह नही। उसकी नज़र मे मेरी कोई अहमियत नही। मै नालायक हूँ। मै हर समय गलत हूँ।

तो फिर अपनी गलतियाँ सुधारो। कैसे कार्तिक को बड़ा करोगी यहाँ रहकर? जब बड़ा होगा और हम बूढे होंगे तो उसकी पालन, पोषण, पढ़ाई,खर्चा कैसे पूरा होगा? थोड़ी समझदारी दिखानी थी।

देविका ने अपना सिर झुका लिया।

तुम कोई बच्ची नही हो जो तुम सोचो कि जीवन भर तुम्हारे माँ-बाप ही तुमको पालेंगे। तुम्हारा परिवार है और तुम्हे ही अपने परिवार को संभालना होगा ।

तुम्हारा परिवार है? तो 'वो' मेरा परिवार है! मेरा परिवार 'वो' है!   देविका ने सोचा।

तो क्या मैं 'इस' परिवार की नही रही?   मैं कोई गाय हूँ जिसको आप किसी के घर मे बाँधकर चले आए? क्या मै अत्याचार सहती रहूँ? अब तक देविका आवेश मे आ चुकी थी।

ताली दो हाथों से बजती है। परिवार चलता नही चलाना पड़ता है। थोड़ा असुविधा क्या हुई कि घर छोड़ कर आ गई? तुम्हे तुम्हारे सम्मान का ख्याल है पर हमारे सम्मान का क्या? वो भी बुढ़ापे मे! मुकुल की माँ पूछ रही थी, देविका अकेले ही आ गई? जमाई बाबू नही आए?

तो उनको बोलो मेरी जगह वो जमाई बाबू के यहाँ जाकर रहें, अगर जमाई की इतनी ही चिंता है तो। मोटी बिस्तर से उठती नही पर आंखे और कान दिन भर बाहर घूमते रहते हैं। अपने बिगड़ैल लड़कों का पता नही पर दूसरों की खबर पक्की रखती है। भूतनी, चुड़ैल!

मौका तो तुम्ही ने दिया। थोड़ी समझदारी दिखानी थी।

ओफ्फो! क्या समझदारी समझदारी लगा रखी है। क्या है ये समझदारी? सब कुछ चुपचाप सहते रहो झेलते रहो। क्योंकि दूसरे को परेशानी होगी, क्योंकि दूसरे बातें करेंगे।

हाँ! तो क्या हम इस उमर मे कोर्ट जाकर तुम्हारा डाईवोर्स केस लड़ें? क्योंकि तुम अपना घर संभालने मे असमर्थ हो हैं? बस यही दिन देखने रह गये थे। इसीलिए तो इतनी धूम-धाम से शादी की थी। किसी लायक नही थी इसलिए शादी कर के घर भी नही चला पा रही हो। बिना आगे-पीछे सोचे इतना बड़ा कदम उठा लिया।

सुलोचना के तेवर देखकर देविका को अहसास हो गया यहाँ ज्यादा दिन ठहरना मुश्किल होगा।

शाम ढल चुकी थी। ड्राईंग रूम की ढली रोशनी सिद्दार्थ की मनोस्थिति प्रतिबिंबित कर रही थी। खाली घर और सूने मन को भरने के लिए ड्राईंग रूम मे रखे

बार(शराबखाना) से सिद्दार्थ ने शराब की बोतल निकाली। अनायास ही उसकी नज़र बार उपर लगे बड़े आयाताकार शीशे के पर गई। जो शीशे मे था, अब उसके साथ सिर्फ वही रहता था। तभी मोबाईल पर रविंद्र बाबू का कॉल आया।

नमस्ते मामाजी।

हेलो सिद्दार्थ! नमस्ते बेटा नमस्ते। बेटा पता चला देविका यहाँ आयी हुई है ... अकेले। तुम साथ नही आये? और बातें धीरे-धीरे आगे बढ़ने लगी। और बढ़ते-बढ़ते न चाहते हुए भी सिद्दार्थ को उस दिन की घटना के बारे मे बताना पड़ा।

बेटा तुम्हे बच्चे पर हाथ नही उठाना चाहिए था। अब वो अकेली ही यहाँ आ गई है। सब लोग देखेंगे। बेवजह फिज़ूल बातें होगी। तुम्हारे बारे मे, और हमारे बारे मे भी।

शर्म के मारे सिद्दार्थ की फोन पर आवाज़ नही निकल रही थी। शीशे के सामने खड़ा होकर बात कर रहा था पर शीशे मे देखने की हिम्मत न हुई। उसकी वजह से रविंद्र बाबू को कितनी शर्मिंदगी उठानी पड़ रही थी। उन्होने उसको पाला-पोसा पढ़ाया-लिखाया, जीवन की तमाम कठिनाइयों मे उसका साथ दिया और आज उसकी वजह से उन्हे यह दिन देखने पड़ रहे थे।

सिद्दार्थ किसी तरह से बात को संभालो। अगर पुलिस मे रिपोर्ट कर दिया तो बात और बढ़ जाएगी। फिर कोई मदद के लिए भी आगे नही आएगा।

हाँ तो मैने तो नही कहा मुझे किसी से कोई मदद चाहिए। सिद्दार्थ ने सोचा कि जवाब दे दे पर चुप रहा।

कोर्ट केस हो गया तो बड़ी मुसीबत हो जाएगी। आजकल माहौल के हिसाब से इंसाफ होता है, सबूत के हिसाब से नही। मान हानि, धन हानि सर्व हानि। समझदारी इसी मे है कि सुलह कर लो।

पर बाबूजी वह तो खुद ही चली गई। बिना बताए। अब उसके साथ ...

सिद्दार्थ सोच लो, तुम्हारे भले के लिए कह रहा हूँ।

फोन रखते समय रविंद्र बाबू की आवाज़ मे एक कठोरता थी जैसे की पहले कभी उसने सुनी न थी।

शादी से पहले तो बड़ा हँसी मज़ाक चलता है। तब तो लोग आजीवन सुख, रोमाँस और मोहब्बत के सपने दिखाते हैं! और अब पुलिस और कोर्ट के सपने दिखा रहे हैं। ये सब बातें शादी से पहले नही बताते!

यह सब पता चल जाता फिर भी तुम शादी करते! मानो शीशे मे से आवाज़ आवाज़ आई।

सिद्दार्थ ने गिलास मे शराब डाली। दो बड़े घूँट लिए। गिलास रखकर इधर से उधर टहलने लगा। खाली घर मे उसकी चहलकदमी गूँज रही थी। ऑफिस मे क्या बताऊँ ! अगर देविका नही लौटी तो सब लोग तो मेरे उपर ही इल्जाम लगाएंगे। कोई मेरी परेशानियो, मेरी मुश्किलों, मेरी चिंताओं के बारे मे नही सोचेगा। पहले तो समाज सिर्फ मेरी उपेक्षा करता था लेकिन अब दुत्कारेगा। पिछले तीन सालों मे मै किस दौर से गुजरा हूँ मैं ही जानता हूँ। देविका न मेरे दिनचर्या की, न शरीर की, न मन की, किसी भी जरूरत को पूरा करने के काबिल नही साबित हुई। शादी तो

बस एक मजबूरी बन कर रह गयी। आखिर क्यों करते हैं लोग शादी और क्यों कराते हैं? शीशे मे साथ चलते साये से पूछा। आज तक किसी को शादी में खुश देखा? झगड़ा ही करते देखा। दुखी ही होते देखा। सिद्दार्थ ने सिगरेट जलाई।

शादी होने के बाद जिम्मेदारी बढ़ जाती है, जरूरतें बढ़ जाती हैं।

तो क्या? अचानक शीशे मे खड़ा शक्स बोल पड़ा।

और प्रलाप प्रारंभ हो गया।

फिर आदमी समाज पर निर्भर हो जाता है। समाज का गुलाम हो जाता है। अपनी आज़ादी खो देता है। उसका अपना कोई अस्तित्व नही रह जाता। वह सिर्फ समाज का एक हिस्सा भर रह जाता है। पुर्जा बन जाता है। और समाज तो यही चाहता है। काबू मे रखना। स्वतंत्र भाव रखने वाले उसे पसंद नही। उन्हे चाहिए ऐसे इंसान जो भेड़-बकरी हों। जो झुंड मे चलते हों जो झुंड मे जीते हों। समाज पराधीनता का प्रपंच है। इसलिए यह शादी का भ्रम बनाया है। जैसे जानवरों को खाने का लालच और मार का भय दिखाकर कर फँसाया जाता है वैसे ही इंसान को प्यार का लालच और अकेलेपन का भय देकर शादी मे फँसाया जाता है।

उधर शीशे मे खड़ा शक्स, सिर एक तरफ हल्का सा झुकाए, उसकी बातें बड़ी ध्यान से सुन रहा था, इधर घूँट-घूँट से घुटती भावनाएं लगातार उबलती जा रही थी। चलते-चलते भटकने लगा।

नये-नये युगल सोचते हैं कि उनका प्रेम दूसरों जैसा नही उथला नही, हल्का नही बल्कि गहरा है, पक्का है। सिद्दार्थ की आँखो मे देविका के संग बिताये हुए वो पल उभरने लगे जब वे दिल्ली घूमने निकले थे। उनको अपने प्रेम पर अभिमान होता है। हाथ मे हाथ डाल कर घूमते हैं, मानो दूसरों को कहते हों- देखो हमारा प्यार, तुम्हारी तरह नही, एक दूसरे से बेपरवाह बल्कि एक दूसरे को पूरी तरह समर्पित। लेकिन जैसे जैसे समय बीतता है, प्यार का रंग उतरने लगता है और अपना स्वभाव वापिस उभर आता है। और मनुष्य स्वभाव से सबसे अधिक स्वयं को समर्पित होता है। अपना आराम, सुख-सुविधा, अपनी स्वतंत्रता उसके लिए सर्वप्रथम है। चाहे वो मै हूँ या देविका या कोई और। एक पेग और।

सिद्दार्थ ने घूँट लिया। जब हम किसी की तरफ आकर्षित होते हैं तो हम उससे झूठा व्यवहार करते हैं।

झूठा व्यवहार! क्या मतलब? शीशे मे खड़े शक्स ने पूछा।

व्यवहार मे बनावट आ जाती है। जाने-अनजाने।

क्यों?

दूसरे को आकर्षित करने के लिए। जिस तरह सेल्स मैन अपने सामान को बेचने के लिए झूठ को सच मे मिलाकर मुस्कुराते हुए अपना सामान बेचने की कोशिश करता है। उसमे एक बनावटीपन होता है। वैसे ही स्त्री और पुरूष एक दूसरे को आकर्षित करने के लिए झूठा व्यवहार करते हैं। हाव-भाव, कपड़े, मेक-अप मूल रूप से सब के पीछे यही कारण है। सब दूसरे को आकर्षित करने के लिए।

लेकिन हम दूसरे को आकर्षित करना क्यों चाहते हैं? शक्स ने पूछा।

सेक्स, संभोग!

हऑऑऑ!!! शक्स ने मूँह पर हाथ रख लिया।

यहाँ शादी सेक्स का लाईसेंस है।

लेकिन गारंटी नही! क्यों ही ही ही ... शक्स ने किसी तरह अपनी हँसी रोकी।

सिद्दार्थ बोलता रहा। बड़े दिनो बाद कोई सुनने वाला मिला था।

सेक्स की इच्छा तो शादी से पहले भी थी पर ये मालूम था कि शादी होने तक यह पूरी नही हो सकती। लेकिन शादी होने के बाद तो आदमी सोचता है कि अब वह जायज़ तरीके से सेक्स कर सकता है। परंतु फिर भी उसे दुत्कार दिया जाए तो??

तुम कह रहे हो शादी सेक्स का लाईसेंस है। लेकिन स्त्रियां तो आमतौर पर सेक्स टालने की कोशिश करती है। चाहते हुए भी। जानवरों मे भी। तो?

नर के सेक्स का अचेतन उद्देश्य अपने वंश को फैलाना होता है जबकि मादा का अपने वंश को बचाना। इसलिए नर के अंदर ज्यादा से ज्यादा स्त्रियों से संभोग करने की इच्छा होती है, जिससे वह अपने वंश फैला सके। नर अपने वंश को फैलाने के लिए दूसरे के वंश को भी नष्ट कर देता है। ज्यादा बच्चे होंगे तो कोई एक मारा भी गया तो भी वंश चलता रहेगा। परंतु मादा चाहती है कि जो वंश उससे जन्मा है वह सुरक्षित रहे। प्रकृति द्वारा निर्धारित भूमिका के अनुसार ही उनका स्वभाव होता है।

इसलिए नर के संभोग के भाव मे आक्रामकता है और स्त्री के संभोग के भाव मे वेदना। आक्रामक्ता वंश फैलाने के लिये और वेदना वंश की सुरक्षा के लिये। तभी नर संभोग के लिए आतुर रहता है और मादा संभोग से कतराती है। चाहते हुए भी। वास्तव मे प्रकृति ने दोनो को अपनी आने वाले पीढ़ी को सुरक्षित करने के लिए तैयार किया है। अपने-अपने तरीके से। प्रकृति भौतिक परतों की ही नही बल्कि उसके अंदर की अमूर्त भावों-भावनाओं की भी निर्माता है, स्वामिनी है।

सर्वज्ञ प्रकृति! सोचो जानवरों की तरह से अगर मानव समाज भी होता तो? शक्स ने पूछा।

तो जंगल होता और क्या? इसीलिए तो शायद शादी कराते हैं। अरे यह क्या बोल गया सिद्दार्थ ने सोचा।

यानी विवाह अपनी-अपनी प्राकृतिक भूमिका को पूरा करने का सभ्य माध्यम है? शायद प्रकृति की जंगली ज़मीन पर सभ्यता की ओर उपर चढ़ती अनगिनत सीढ़ियों मे से एक। शक्स अब गंभीर हो चुका था।

पता नही! सिद्दार्थ ने झिड़कते हुए कहा।

पता नही? मंद रोशनी मे शीशे मे खड़े साये की आँखो की सफेदी चमक रही थी। तुम्हे नही मालूम था शादी की सच्चाई क्या है? देखा नही! अपने माता -पिता को? या वक्त पड़ा तो अनदेखा कर दिया? अकेले तो तुम बचपन से रहे। समाज से दूर तो तुम पहले से ही समानांतर चलते रहे। तुम्हे उसमे कोई समस्या न थी। तुमने शादी की क्योंकि तुम्हे अपनी प्राकृतिक भूमिका को पूरा करना था। और जब तुम्हे उससे रोका गया तो अपने बनावटी व्यवहार

का चोगा उतार तुम अपने स्वभाव पर उतर आये। तुमने शादी की क्योंकि तुम सेक्स करना चाहते थे!

सिगरेट की तलब उठी। पैकेट से निकाला। जलाया और एक लंबी कश ली। धुएँ से अंधेरा धुंधला गया।

बच्चा होने के बाद देविका काफी कमज़ोर हो गई थी। बच्चे की निरंतर देखभाल से उसकी नींद, खान, पान सब अस्त व्यस्त हो गया। धीरे-धीरे थकान उसके शरीर से उसके मन मे समा गया। हर माँ, बच्चा होने के बाद कुछ समय तक शारीरिक संपर्क से विमुख हो जाती है। लेकिन देविका के लिए बच्चा होना उसके जीवन का सबसे दर्दनाक पल था। उसके लिए यह दर्द पुरूष से संपर्क बनाने का परिणाम था। यह पूरा अनुभव उसके लिए क्षणिक चरम सुख से परम वेदना की यात्रा था। यह बात उसने सिद्धार्थ से कही नही, लेकिन अब सेक्स तो दूर सिद्दार्थ के स्पर्श का भी परोक्ष प्रतिरोध करने लगी।

सिद्धार्थ के सामने वह पल तैरने लगे। कैसे उसके हर प्रेमाग्रह को देविका अनदेखा करती रही, अनसुना करती रही, जान कर, बूझ कर। कैसे उसकी शालीनता शर्मिंदगी मे, शर्मिंदगी हार मे, और हार मे कुँठा मे बदल गई। सच तो यह था कि शारीरिक वियोग से ही मानसिक वियोग का सिलसिला शुरू हुआ और इन दूरियों की खाई मे रोष के अंगारे भरते चले गये।

ये सब क्या अनाप शनाप प्रलाप चल रहा है! देविका मुझे छोड़ के चली गई! वह मुझे छोड़ सकती है! तीन सील मे मै उसके हृदय मे इतनी जगह भी नही बना पाया?

मैं, मुझे, मैं! साया क्रोध से तमतमा रहा था। तुम सिर्फ तुम! और कोई नही? अपने ही बारे सोचते हो! और बच्चे का क्या? उसका भविष्य? उसका वर्तमान? माता-पिता के झगड़े का खामियाज़ा मासूम भुगतेगा! तुम उसे संसार मे लाए। क्या संसार मे पालन पोषण करना तुम्हारा दायित्व नही? तुम्हारे दुख का कारण तुम्हारा अहम् है।

समझौता करने के लिए बरगला रहे हो? सिद्दार्थ की निगाहें शक बन गयीं।

बरगला तो अहं रहा है। तुम दोनो का। जब अग्नि को साक्षी रख एक पुरुष और स्त्री पति पत्नी के व्रत लेते हैं तब उस अग्नि मे हवन सामग्री के रूप वे वास्तव मे स्वयं को ही समर्पित करते है। स्वयं माने 'मैं'- मेरा अहं। इस यज्ञ मे दोनो को अपने अहं का बलिदान करना पड़ता है। फिर सिद्दार्थ सिद्दार्थ नही रह जाता देविका देविका नही रह जाती। अग्नि दोनो के अस्तित्व को पिघला कर एकात्म कर देती है। वे एक हो जाते हैं। विवाह की इस प्रथा का यह मायने है और विवाह का यह अर्थ है। विवाह निरंतर अहंयज्ञ है।

सिद्दार्थ ने शराब का गिलास खाली किया और लड़खड़ाते हुए अपने कमरे मे चला गया । सिगरेट सुलगते सुलगते आखरी सिरे तक पहुँच गयी। कुछ देर तक राख बन टिकी रही गयी, फिर टूट के बिखर गयी। धुँए की धार कुछ देर तक और उठी और फिर खो गयी।

सिद्धार्थ तुम तो समझदार आदमी हो। तुमने कार्तिक पर हाथ नही उठाना था। सुलोचना की आवाज़ मे भावनाओं

का आवेग न था। संवेदनशील मामले भावुकता से नही सुलझते।

पहले भी एक बार कार्तिक कैंट मे कहीं चला गया था... मुझे गुस्सा आ गया...

सिद्दार्थ अपने आप को रोक न सका और अपना नज़रिया बयान करने लगा। न सिर्फ जो हुआ बल्कि जो उसने महसूस किया। पल पल वो पल जीने लगा।

.....फिर मै दौड़ कर उसे पकड़ने गया। अचानक कार्तिक सड़क पर भागने लगा, उधर से ट्रक आ रहा था... तेज़ बहुत तेज़ मगर कार्तिक तो सुन ही नही रहा था... देविका भी गुस्सा करती रहती है... मै डर गया!!!... ...

सुन्न। चुप। दोनो तरफ।

यह क्या कह गया ... मैं तो सैनिक हूँ ... अफसर हूँ!

जिन भावनाओं को उसने सालों से अपनी बंजर भावहीनता के नीचे दबा रखा था, वो फूटीं और पलकों के किनारे से एक बूंद में बह गयी।

सुलोचना कुछ देर तक चुप रही फिर एक एक लंबी सांस ली और बोली, मै देविका को समझाती हूँ। तुम भी समझो।

रात भीगी, झुकी, थकी खड़ी थी, मानो कोई बोझ उतार दिया हो। पत्ते धुले, हल्के, शांत, रोशनी मे मखमल से चमकते। आकाश की स्वच्छ कालिमा मे खोए तारे भी दिखने लगे थे। दूर सन्नाटे मे कोई गाड़ी गुज़री। मानो रात ने लंबी सांस छोड़ी हो। बगीचे के एक अंधेरे किनारे से सिगरेट के कश पर बैठी एक राहतभरी साँस हवा मे तैरती चली गई।

कार्तिक अपनी माँ की गर्म आभा में बेफिक्र सोया था। जैसे वो कभी सोती थी। कैसे वक्त बदल गया। देविका ने करवट बदली। रात के अंधेरे मे नींद, कहीं खो गयी थी। लाइट बुझी हुई थी। दिल सुलग रहा रहा था। शंकाएँ उभर रही थीं। सवाल उठ रहे थे।

कार्तिक का क्या होगा? क्या अकेले तुम इसको बड़ा कर लोगी? खेल है क्या? एक बड़े आदमी की जरूरतें तो पूरी नही होती तुमसे! और इस बच्चे की जरूरतों को पूरा कर लोगी? और जब कार्तिक बड़ा होगा फिर? कब तक माँ बाप जिम्मेदारी उठाएंगे। नौकरी पाना भी तो आसान नही। स्वावलंबी होना चाहने भर से कोई स्वावलंबी नही हो जाता।

किसी पक्षी की फड़फड़ाने की आवाज़ आयी।

तुम्हारे तो कोई सास- ननद भी साथ नही रहते जो तुम्हारे पति को तुम्हारे खिलाफ फुसला लें। तुम्हारे झगड़े की जिम्मेदारी पूरी तौर पर तुम्हारी है। फिर काकी कहेगी, देखा मै न कहती थी देविका बड़ी घोर घमंडी है। बोलने का सलीका तक नही। कौन तुम्हारा साथ देगा?

देविका की आँखे अनायास ही कार्तिक पर गई। रोशनदान से आती रोशनी से उसका निश्चल चेहरा चाँदी सा चमक रहा था। कार्तिक कितना मासूम। कितना निश्चिंत, माँ के पास लेटकर। मेरा बच्चा!

क्या ये सच है? क्या ये सिर्फ मेरा बच्चा है? मेरी तरह अगर सिद्दार्थ मुझे छोड़ कर चला जाता तो? तो

क्या मै यह कहती कि यह सिर्फ मेरा बच्चा है और कार्तिक के प्रति सिद्दार्थ की कोई ज़िम्मेदारी नही?

सिद्धार्थ कठोर हो सकता है पर परिवार के प्रति जिम्मेदार है। लेकिन जैसे जैसे समय बीतेगा उसका मन परिवार से उखड़ने लगेगा।

बेचैनी जब सहन न हुई तो देविका उठ बैठी।

मै क्यों वहाँ रहूँ जहाँ मेरा कोई सम्मान नही? शादी हो गयी तो क्या ये मेरा घर नही? क्या मैं सिर्फ किसी की कुछ हूँ? पत्नी या बेटी? मेरा खुद का कोई वजूद नही?

देविका की नज़र फिर कार्तिक पर गई। किस भरोसे की निश्चिंतता मे यह प्यारा सा नन्हा सो रहा है। मै ही वह भरोसा हूँ। और कुछ नहीं मै माँ हूँ।

माँ-बेटी दोनो बगीचे मे बैठे थे। करने को कोई बात न थी। उधर सुलोचना स्वेटर बुन रही थी इधर देविका का मन निरंतर भावनाओं और विचारों के जाल बुने जा रहा था। हवा बेगानी थी। धूप मे बेरुखी थी। जब कहीं से बसेरा उठ जाता है तो कोई जितना भी चाहे वहाँ टिक नही पाता। वक्त गुज़र गया, दिल उखड़ गया, प्यार मुकर गया, घर उजड़ गया। वह समझ गयी थी कि अब ज्यादा दिन यहाँ ठहरना संभव न होगा। सर्दी की धूप इतनी बढ़ गई की बदन मे हरारत महसूस होने लगी। कार्तिक भी मुरझा रहा था।

कल सिद्धार्थ से बात हुई। सुलोचना स्वेटर बुनते हुए बोली। तुम उससे बात करो।

देविका ने सिर न उठाया।

यह भीड़, ये रेलम पेल और फिर भी हम अभी तक यह तय नही कर पा रहे कि जनसंख्या नियंत्रण होना चाहिए या नही। सिद्धार्थ ने अचानक ब्रेक लगाया। ये ऑटो वाले! जहाँ देखो वहाँ घुसेड़ देते हैं। ओ बेवकूफ! देविका की ट्रेन पहुँचने मे अभी समय था लेकिन सिद्दार्थ स्टेशन पहुँचने को व्याकुल था। आज ऑफिस था लेकिन उसने छुट्टी ले रखी थी। ज़ोर देते हुए बताया था कि बीवी-बच्चे को लेने स्टेशन जाना है।

गाड़ी प्लेटफार्म नंबर चार पर आ रही थी। अभी आने मे आधे-पौने घंटे का समय था। सिद्धार्थ थोड़ा पहले ही पहुँच गया। अगर रस्ते मे ट्रैफिक होता तो? पहले ही निकलना ठीक था। ऐसे समय मे अनजाने मे कोई भूल नही होनी चाहिए। पत्नी और बच्चे की आने की खुशी के साथ-साथ एक अहसास भी था। एक कड़वी सी मिठास थी। यही अहसास विचारों मे बदल इन इंतज़ार के पलों को भरने लगे।

मै कोई फिल्मी हीरो नही पति हूँ। पिता हूँ। ये फिल्मी भावुकता नही चलेगी। यह प्यार और शादी की फिल्मी छवि जो मैंने अपने मन मे बना रखी है जिसमे हिरोइन हीरो के प्यार मे सब कुछ सह लेती है, झूठ है! यह मानसिक मायाजाल समाज और फिल्मो के प्रभाव से बना

था। हाँ, फिल्मे हमारे जीवन से प्रभावित होती है और हम फिल्मो से। मै भी मेरे और देविका के रिश्ते को फिल्मी नज़रिये से देख रहा था। जिसमे मै हीरो हूँ और वह हिरोइन। और हिंदी फिल्मों मे तो हिरोईन का काम सिर्फ हीरो की सहायक किरदार की भूमिका अदा करना है। मुख्य किरदार तो हीरो का होता है। हिरोइन का कोई अपना स्वतंत्र अस्तित्व नही होता। सारी कहानी मुख्य किरदार के जीवन के चारो ओर घूमती है। मगर जीवन कोई फिल्म नही जिसमे सिर्फ एक मुख्य किरदार होता है और बाकी सहायक किरदार। अपनी जिंदगी मे हर किरदार मुख्य किरदार होता है। हर किरदार का अपना जीवन, अपना अस्तित्व, अपनी सोच है। अपने जीवन मे यह मुख्य किरदार मुख्य भूमिका अदा करता है। देविका के लिए देविका मुख्य है। मुझे इस फिल्मी मायाजाल से निकलकर जीवन के मकड़जाल को देखना पड़ेगा। सिद्दार्थ को चहलकदमी की आदत पड़ गयी थी। प्लेटफार्म पर भी चलता फिर रहा था । देविका के लिए मै उसका पति हूँ। मगर उसके इलावा भी मेरे कई पहलू हैं। उसी प्रकार देविका केवल मेरी पत्नी ही नही बल्कि उसके व्यक्तित्व के भी कई पहलू हैं। देविका मेरी कोई सहायक किरदार नही। मुझे देविका को सिर्फ पत्नी के रूप मे नही, व्यक्ति के रूप मे स्वीकार करना पड़ेगा। दोनो को करना पड़ेगा। हुँह क्या सब बातें दिमाग मे चलती रहती हैं। फालतू की टेंशन खाली वक्त खा जाती हैं। हाँ मगर एक चीज़ और...शायद माँ के जीवन मे बच्चे का किरदार ही मुख्य होता है । उफ्फ .... शांत !

देविका ने अपनी घड़ी देखी। अभी पहुँचने मे कुछ देर थी। तभी साथ वाली पटरी पर उल्टी दिशा जाती हुई एक ट्रेन निकली। उस ट्रेन की तरह अब उसका रस्ता वापस नही जाता था। अब वह विदा हो चुकी थी। निकलते समय माँ की आँखों की झलकती राहत ने ये बात साफ कर दी थी। उसका घर और परिवार बदल चुका था। उसके माता-पिता भी अब उसे सिद्धार्थ की पत्नी के तौर पर पहले देखते थे और अपनी बेटी के तौर पर बाद में। लेकिन वह न पहले बेटी थी न पत्नी। देविका ने कार्तिक की तरफ देखा। सबसे पहले वह माँ थी। कार्तिक ही उसके जीवन का उद्धेश्य था। अब उसे कार्तिक के लिए जीना था। अब सिद्धार्थ पसंद करे या न करे मुझे उसके साथ रहना होगा। अपने लिए नही अपने बच्चे के लिए। ट्रेन की गति धीरे होने लगी। स्टेशन आने वाला था। एक अंत आने वाला था और एक आरंभ भी।

दोनो ने एक दूसरे को देखा तो अनायास ही होंठो पे मुस्कुराहट आ गयी। जैसे देविका अपने घर छुट्टी मनाकर वापिस लौट रही हो। पर ऐसा न था। दोनो को इस बात का अहसास होते ही मुस्कान गुम हो गई। कार्तिक को देख सिद्धार्थ का दिल भर आया, गले लगाने को कदम तेजी से आगे बड़े पर धीरे धीरे धीरे हो गये। अपनी कमजोरी दिखाना ठीक नही। उसने कार्तिक के सर पर हाथ फेर कर मन भर लिया। सिद्धार्थ ने सूटकेस बोगी से उतारा और हल्के से कहा, चलें? देविका से हल्का सा सिर हिलाकर हाँ भर दी। दो किरदार जिंदगी के मंच पर अपनी अपनी भूमिका निभाने चल पड़े।

अभी तो रात हो गयी है तुम अपना सामान अपने समय से सेट कर लेना। मानो सिद्दार्थ कह रहा हो, जैसे रहना चाहती हो वैसे रहो। कार्तिक को प्यार भरी निगाहों से देखा लेकिन अभी भी मन मे संकोच था। अपने कमरे मे आ गया और दरवाज़ा बंद कर लिया। अजीब अहसास था। राहत और गुस्से का मिश्रण। कुछ अंगारे अभी भी सुलग रहे थे। वक्त को वक्त देना पड़ेगा। टेबल पर पड़ा सिगरेट का पैकट उठाया और बालकनी मे जाकर सिगरेट सुलगा ली।

अलार्म इतना प्रचंड था कि कार्तिक नींद मे ही थर्रा गया। देविका अचानक ऐसे उठ बैठी जैसे मुर्दा अपने कफन मे उठ बैठा हो। उँह! सात बज भी गए! ठिठुरते हुए बिस्तर से उतरी। आधी नींद मे चप्पल भी बड़ी मुश्किल से मिली। धीरे से उसने अपने कमरे का

दरवाज़ा खोला और बाहर झाँका। शांत सुबह की हल्की ओस से छनती हुई भीनी धूप मे बैठक खिला-खिला लग रहा था। दबे कदमों से बाहर निकली। सिद्धार्थ के कमरे का दरवाजे का कमरा आधा खुला था।

ओह! ये तो चले गये। चाय, नाश्ता?

अनायास ही उसके पाँव विचरण करने लगे। हाँ! बस तीन ही कमरे तो हैं यहाँ। सब देख रखा था पर सब नया सा लग रहा था। अरे! मैंने ही तो सामान लगाया था! नही वो तो वरियाम साहब ने लगवाया था। वो मुस्कुरा दी। पर अब थोड़ा अलग सा भी रहा था। घर मे एक शिष्टता थी, एक गरिमामयी लावण्य था। हाँ उसके लाल पर्दे अभी भी

लगे थे। खिड़की से बाहर बगीचे मे देखा। वहीं तो बैठकर चाय पीती थी। ओह पौधे अभी भी हरे हैं! शुक्र है। पूरे घर से ताज़ी भीनी महक आ रही थी। अपने कमरे मे वापिस आयी। अलमारी वैसी ही थी जैसा वो छोड़ कर गयी थी। पूरी खाली। बीच मे गहने का संदूक अभी भी रखा हुआ था। गहने भी। उपहार भी। अपने चारों तरफ घूम कर देखा। कमरा वैसा ही था। क्या पहले भी ऐसा था? हाँ... यहीं तो वह रहती थी। कभी उसने इतना ध्यान क्यों नही दिया?

हाँ माखन मेरा ब्रेकफास्ट भिजवा दिया? हाँ आज भी भिजवाना है। मै ब्रेकफास्ट मेस मे ही किया करूँगा। ओ.के ठीक है। सिद्धार्थ ने फोन रखा और घड़ी की तरफ देखा। अभी आठ भी नही बजे थे पर सिद्धार्थ ऑफिस पहुँच चुका था। ऑफिस की सुबह की सफाई ही चल रही थी। सारे सफाई कर्मचारी आँखों के किनारी उसे देख रहे थे। वैसे भी वह ऑफिस समय पर आता था पर आज तो कुछ ज्यादा जल्दी ही आ गया। पता नही घर मे बेचैनी हो रही थी। सुबह सुबह देविका उसे देखेगी तो सोचेगी कि लो, अब जहाँपनाह के लिए ब्रेकफास्ट बनाओ। वह शर्मिंदा नही होना चाहता था।

गृहस्थी मे हुए घटना क्रम ने सिद्दार्थ के अंतर्मन मे बरसों से खड़े किये हुए बाँध तोड़ दिये थे। सालो से दबी हुई भावनाएं और रुँधे हुए विचार उमड़ रहे थे। काम तो सिद्दार्थ पहले भी करता था लेकिन अब काम से सिद्धार्थ का रिश्ता बदल गया था। यह उसका काम ही था जिसकी व्यस्तता ने उसे कठिन समय मे दुख, कुंठा और

अकेलेपन से, कुछ समय के लिए ही सही, राहत दी। फ़र्क़ यह था कि पहले काम सिर्फ काम था लेकिन अब वह उसका साथी था। केवल फाईलों के प्रति नही काम से संबंधित लोगों के प्रति भी उसके अंदर एक संवेदना जाग उठी थी।

मै सोचता था कि मेरा काम सिर्फ सरकारी नियमो का पालन करना है। सिर्फ आदेशों को मानना और लागू करना। एक रोबोट की तरह। मै भूल गया था कि मै लोगों से ही नही उनकी भावनाओं से भी रूबरू हूँ। मैने उनकी मुश्किलों की कठिनाइयों की एक न सोची। सिर्फ आदेश लागू करता रहा। कितनों को आहत किया। कितनी कठोरता से पेश आया। लेकिन जब मेरे अपने मुझे छोड़ गये तब इस नौकरी के सहारे, इन लोगों के सहारे मै चलता रहा। अगर हम सच मे देश के बारे मे सोचते है, सेना के बारे मे सोचते है यूनिट के बारे मे सोचते हैं तो सबसे पहले हमे एक दूसरे के प्रति संवेदनशील होना चाहिये। उनके मान सम्मान के प्रति, उनकी भावनाओं के प्रति। नही तो कैसा समाज, कैसा देश, कैसी यूनिट, कैसा घर?

सो योर फैमिली इज बैक? हाऊ इज़ एवरीथिंग?

सिद्दार्थ हड़बड़ा कर खड़ा हो गया। सामने सी.ओ खड़े थे। पता नही कब वे उसके ऑफिस मे आ गये।

देविका कैसी है? और कार्तिक? सी.ओ की आँखे मानो उसके अंदर झाँक रही थीं।

येस सर, सभी ठीक हैं ।

गुड!

आज ऑफिस मे इतनी जल्दी मैने सोचा तुम आज थोड़ा लेट हो जाओगे हा! हा! हा !

सिद्धार्थ थोड़ा शर्मा गया ।

अच्छा हाँ, वो फीडबैक बना देना। अर्जेंट है।

यस सर वही कर रहा हूँ। लेकर आता हूँ।

गुड! सी.ओ ने अपनी मूछें मरोड़ी, घड़ी देखी, ओ.के हैव अ ऩाइस डे कहकर आफिस से बाहर निकल गये। सिद्धार्थ ने अपनी साँस छोड़ी।

जय हिंद साहब!

हाँ वरियाम साहब आइये!

साहब जिस दिन कोई सैनिक छुट्टी काट कर आता है उस रात को उसकी ड्यूटी नही लगाई जाएगी।

ठीक है साहब।

अरे दो बज रहे हैं! क्यो ऑफिस के तौर-तरीके बिगाड़ रहे हो! मेजर रमेश ने सिद्दार्थ के ऑफिस के चौखट पर खड़े हुए कहा।

सिद्दार्थ कम्पयूटर पर कुछ काम कर रहा था। हाँ यार कुछ काम दे रखा है, बस कर के निकलता हूँ। सिद्दार्थ ने मुस्कुराते हुए जवाब दिया।

मेजर रमेश ने व्यंगात्मक लहजे मे कहा तुम्हारे जैसे लोग माहौल खराब करते हैं। अब सी.ओ चाहेगा कि हम भी बैठें ऑफिस मे शाम तक, फिर गेम्स मे पहुँच जाएँ, फिर नाइट ड्यूटी पर भी आ जाएँ। पता है आप कितना जुल्म कर रहे हैं बाकी सब पर? क्या ऐसे ही जिंदगी कटेगी? भाई कल फील्ड पोस्ट कर देंगे। थोड़ा तुम भी

फैमिली के साथ समय बिता लो और थोड़ा या बहुत हमें भी बिता लेने दो। याद आया! देविका वापिस आ गई? और तुम आज ऑफिस मे बठे हो! शाबाश!

हुँहह! सिद्धार्थ हँसा। अच्छा जहाँपनाह, निकलता हूँ, आप निकलें तो! कहते हुए सिद्दार्थ ने अपना सामान अपने ब्रीफकेस मे डालने लगा।

यस सर! राइट सर! ओके सर! जय हिन्द सर! कहते हुए रमेश चल पड़ा।

सिद्दार्थ उसे जाते हुए देखता रहा और उसके चले जाने के बाद दोबारा कम्पयूटर पर जम गया।

अभी तक तो आ जाया करते थे! देविका बार-बार घड़ी देख रही थी। कार्तिक को उसने खाना खिला कर सुला दिया था लेकिन देविका ने अभी तक खुद खाना नही खाया था। तभी गाड़ी के आने की आवाज़ आई।

तुम रुको मै आ रहा हूँ, सिद्धार्थ ने जीप से उतरते हुए ड्राईवर से कहा।

देविका खिड़की से देख रही थी।

सिद्दार्थ ने घर की घंटी बजाने के लिए जैसे ही हाथ बढ़ाया देविका ने दरवाजा खोल दिया। वह सकपका गया। बड़े ही मद्धिम स्वर मे बोला, राकेश?

शाम को आएगा।

दोनो ही धीमी आवाज़ मे बोल रहे थे। मानो तेज स्वर मे बोलने से कुछ टूट जायेगा।

खाना? देविका ने पूछा।

मुझे अभी कहीं निकलना है।

सिद्धार्थ ने देविका से नज़रें न मिलाईं और अपने कमरे मे चला गया। अपनी अलमारी खोली, गेम्स ड्रेस निकाली और कपड़े बदलने के लिए शर्ट उतारना शुरू किया। लगा दरवाज़े पर कोई खड़ा है। शर्ट उतारते हुए वह लापरवाही से पीछे मुड़ा, बिना सिर उठाए और बिना यह जानने की ज़हमत उठाए कि कौन खड़ा है, दरवाज़ा बंद कर लिया।

देविका जब से वापिस आयी थी सिद्दार्थ को घर मे ज्यादा रहने मे शर्मिंदगी सी महसूस होती थी। जितना वो घर मे रहेगा देविका उतनी ही बंदिश मे रहेगी। वह देविका पर किसी प्रकार का दबाव नही डालना चाहता था। बाद मे यही झगड़े का कारण बनेगी। पूरे दिन किसी न किसी बहाने से वह घर से बाहर ही रहता। और देर रात को जब लौटता तो सीधे अपने कमरे मे चला जाता। बस शराब और सिगरेट की बू की एक लहर पीछे छोड़ जाता।

एक लार्ज रम और देना। बार पर ग्लास रखते हुए सिद्धार्थ बोला।

हलो ब्रदर!

सिद्धार्थ थोड़ा सकपका गया, जैसे रंगे हाथों पकड़ा गया हो। ओह हेलो रमेश!

हैल्लो फ्रेंड। अरे तुम कहाँ रहते हो आजकल? कोई अता पता नही, मिलते भी नही!

अरे बस वही रोज का रूटीन। सोचा आज, थोड़ा माहौल बदला जाए...

बिलकुल! क्यों नही। वैसे यहाँ... इस क्लब मे तो कम ही लोग आते है। आज तो कोई शो है इसलिए मैं भी आया हूँ। अकेला हूँ, क्या करूँ तुम्हारी तरह शादी-शुदा तो नही। रमेश बोला।

अरे मै भी अकेला ही आया हूँ।

अरे वाह! मिसेज़ को नही लाये। अकेले ही मज़े करोगे? गलत बात है। रमेशने चुटकी लेते हुए कहा।

अरे हर जगह मेमसाहब का होना जरूरी है क्या? कोई पूँछ थोड़ी न है कि जहाँ-जहाँ जाऊँगा पीछे- पीछे आएगी। सिद्दार्थ ने अपनी चिढ़ को नियंत्रित करते हुए कहा।

हा हा हा! चलो कोई साथ तो मिला। अरे मेरे लिये भी एक साहब वाली ड्रिंक लगाना!

तुम बताओ? तुमने अभी तक शादी क्यों नही की? तुम्हारी मेमसाहब कहाँ है? सिद्दार्थ ने बात रमेश के पाले मे डाल दी।

अरे यार ये शादी-शुदा या तो बहुत दुखी नज़र आते हैं और या बहुत ही खुश। मै अभी तक समझ नही पाया शादी करूँ की नही। कुछ नही चाहिए बस प्यार करने वाली होनी चाहिए।

सिद्दार्थ पहले मुस्कुराया फिर उसे ज़ोर की हँसी आ गयी।

रमेश थोड़ा शर्मिंदा हो गया। अरे मैने ऐसा क्या बोल दिया?

यार पहले तो अपने दिमाग से शादी की यह जो फिल्मी सोच बना रखी है उसे दूर करो। कठिन सच्चाइयों का सामना करो और समझो।

तो समझा दो भाई। तुम तो अनुभवी हो।

भारतीय समाज मे पुरुष के जीवन मे जो नौकरी का रोल है औरत के जीवन मे वही उसके पति का रोल है। समझ गये?

रमेश थोड़ा उलझ गया।

दुबारा समझाता हूँ। तुम अपनी पत्नी की नौकरी हो। अब समझे?

सिद्दार्थ ने अपना तर्क जारी रखा। अब बताओ। क्या तुम अपनी नौकरी से प्यार करते हो ?

न...ही, प्यार तो नही करता।

क्यों? वो तो तुम्हारे जीने की साधन है! आमदनी है, मान है सम्मान है !

रमेश अब और उलझन मे पड़ गया। वो तो है पर... पाबंदिया भी तो है, मजबूरियाँ, ज़िम्मेदारी भी तो हैं।

ठीक। सिद्दार्थ बोला। बस ऐसा ही तुम्हारी पत्नी के लिए भी है या होगा। या किसी की पत्नी के लिए। एक पति के रूप मे तुम अपनी पत्नी की जरूरत हो, मजबूरी हो, ज़िम्मेदारी हो। तुम्हे सम्मान मिल सकता है, प्रेम नही।

नही मै नही मानता!

मानो नही जानो। जितनी जल्दी जानोगे उतनी जल्दी ये प्यार का भूत उतर जायेगा। जिस प्रकार नौकरी या रोज़गार मिलना आदमी के जीवन का सबसे महत्वपूर्ण पड़ाव है और उसके जीवन का साधन है, सम्मान है, उसी प्रकार भारत मे औरत के लिए शादी उसके जीवन का साधन है, सम्मान है। शादी औरत का रोज़गार है।

क्यों बुरा लगा सुनकर? लेकिन वक्त भले ही बदल गया हो, सोच नही बदली। आज भी गरीब और मध्यम वर्गीय परिवारों की सच्चाई यही है। इसलिए जब एक लड़का बड़ा होता है तो लोग सबसे पहले उससे उसका रोज़गार पूछते हैं और जब एक लड़की बड़ी होती है तो उससे उसका रिश्ता। और माँ बाप लड़के के लिए जल्दी से जल्दी नौकरी चाहते है और लड़की के लिए शादी। देखा है कि नही?

तो इसमे गलत क्या है?

गलत है इस मानसिकता का परिणाम। क्योंकि इसका परिणाम है मजबूरी। आदमी को नौकरी न मिलना या लड़की की शादी न होना उन दोनो मे किसी प्रकार का दोष माना जाता है। ऐसे रिश्तों मे बंधने वाले लोग इस रिश्तों मे मजबूरी मे बंध जाते हैं और मजबूरी मे बंधे रहते है। ऐसे रिश्तों का प्रेम भी एक मजबूरी है। और मजबूरी से प्रेम नही होता। भले ही ऐसे रिश्ते लंबे चलते हों लेकिन ये रिश्ते सच्चे नही झूठे होते हैं।

पर जीवन काटने के लिए किसी का साथ जरूरी है। वक्त के साथ साथ आदमी अकेलापन भी तो महसूस करने लगता है ।

ऐसे अकेलेपन को वासना कहते हैं। यह तुम्हारी शारीरिक ज़रूरत है और कुछ नही। और अगर इस सच्चाई को तुमने देख लिया समझ लिया फिर तुम स्वतंत्र हो जाओगे। नही तो किसी दूसरे की परछांई ढूढ़ते रहोगे। पर परछांई तो परछांई है। उठ जाती है। चली जाती है ...

माहौल थोड़ा गंभीर हो गया।

शायद ज्यादा चढ़ गयी। सिद्दार्थ ने सोचा ।

तभी एक दूसरा एक अफसर उन्हे अपनी तरफ आता दिखा। वह रमेश का मित्र था। दोनो मे बातें होने लगी। इधर सिद्दार्थ को अपने आप पर ही शर्म आ रही थी। कुछ ज्यादा ही बोल गया। सब पागल प्रलाप! क्या ज़रूरत थी!

अचानक रमेश बोला। सिद्दार्थ चलो उस तरफ चलते हैं, खाने के अच्छे स्टाल लगे हैं।

तुमलोग चलो मै...मै आता हूँ।

पार्टी अपने उरूज पर थी। हर जगह जगमगा रही थी। बीच मे उठे हुए एक गोल मंच पर युगल जोड़ियाँ डांस कर रही थीं। दोस्त-यार-परिवार आपस मे घुल-मिल रहे थे, हँस रहे थे, मज़े कर रहे थे लेकिन सिद्दार्थ दूर एक अंधेरे कोने मे अपनी सिगरेट के साथ सुलग रहा था। थोड़ा लड़खड़ाया तो गिलास किसी साईड टेबल पर रख दिया। पार्टी मे काफी लोग मौजूद थे लेकिन उसे सिर्फ जोड़िया ही दिख रही थीं। एक दूसरें के साथ हँसते, नाचते, थिरकते। सब अपनों के साथ खुश थे।

क्या इनका प्यार सच है? क्या इनके रिशतों मे सच्चाई की गहराई है या सब क्षणिक है? नही ये सब दिखावा है। दूसरे को दिखाने के लिए ये लोग अपनी खुशहाली का दिखावा करते हैं। सच तो ये है कि ये अपने आप से दिखावा कर रहे हैं। इनके तो ये हाल हैं कि क्या असल है क्या दिखावा ये खुद भूल गये हैं। इन्होने कठोर सच के उपर सुखद झूठ को अपना लिया है। कल जब हालात बुरे बनते हैं तो फिर देखते हैं कौन कितना साथ निभाता है। असलियत सामने आ जाएगी। हुँह! इट्स ऑल बुलशिट! कहते हुए सिद्धार्थ ने सिगरेट फेंकी और तेज

कदमों से पिछले गेट से आगे निकल गया। जमीन पर पड़ी सिगरेट पैरों तले कुचल गई। फिर भी सुलगती रही।

घर की लाइटें बंद थी। कार्तिक सो रहा था। देविका जगी थी। रात का खाना डाइनिंग टेबल पर लगा था लेकिन उसने भी अभी खाना नही खाया था। सिद्धार्थ अभी तक घर जो नही आया था। कुछ भी पहले जैसा नही था। कुछ भी उसकी योजना के मुताबिक नही चल रहा था। पहले सिद्धार्थ ऑफिस से दो बजे तक आ जाया करता था। कुछ भी हो जाए खाना नही छोड़ता था। घर पर ज्यादा वक्त बिताता था। कार्तिक के साथ खेलता था। और सबसे बड़ी बात, बोलता था। पर अब तो नाराज भी नही है, फिर भी ज्यादा नही बोलता। अव्वल तो सिद्धार्थ घर पर रहता ही नही और अगर रहता है तो अपने कमरे मे बंद।

कुछ दिनो तक तो देविका को अच्छा ही लगा। कोई जरूरत नही, कोई ज़िम्मेदारी नही, सोने पर रोक-टोक नही, पर अब तो टोकने वाला ही कोई नही। पहले सोचा नाराज़ होगा। कुछ दिनो मे ठीक हो जाएगा। पर ये तो काफी दिन हो गए। और गुस्सा भी नही दिखता।

कैंटोंमेंट के सन्नाटे मे किसी गाड़ी की आवाज तेजी से करीब आती सुनाई दी।

कुछ ही देर मे गाड़ी घर के बाहर आकर रुकी। सिद्धार्थ घर के पीछे के दरवाज़े अंदर जाने लगा तभी घर की लाईट जली और दरवाज़ा खुल गया। देविका दरवाज़े पर खड़ी थी।

अचानक देविका को देखकर सिद्दार्थ चौंक गया। मानो किसी ने नशे से झकझोर कर उठा दिया। ओह! तुम अभी तक सोई नही?

नही। कहाँ थे?

कही नहीं। एक पार्टी थी। वहाँ जाना था। बिना देविका से आँख मिलाये सिद्धार्थ घर के अंदर घुसा। शराब और सिगरेट की महक उसके पीछे-पीछे आयी।

तेज कदमों अपने कमरे मे गया और दरवाजा बंद कर लिया। ड़ाईनिंग टेबल पर लगा हुआ खाना उसने नही देखा। देविका-मूक दर्शक पीछे खड़ी देखती रही।

सिद्दार्थ ऑफिस से वापिस आया। घर का दरवाजा खुला था। थोड़ा सतर्क हो गया। बिना आवाज अंदर घुसा और दबे पाँव अपने कमरे की ओर बढ़ा ही था कि दरवाज़े पर ठिठक गया। कमरे मे कार्तिक था। शीशे के सामने खड़ा था। सिद्धार्थ की फ्रेम मे लगी फोटो उसके हाथ मे थी। अपने नन्हे हाथो मे फ्रेम पकड़ मानो पापा के कान मे कुछ फुसफुसा रहा था। शायद उसे भी आभास होने लगा था घर मे सब ठीक नही। सिद्धार्थ पीछे खड़ा उसे देखता रहा। अचानक कार्तिक ध्यान शीशे की तरफ गया। पापा को शीशे मे देखा तो घबड़ा गया। फोटो बिस्तर पर फेंकी और भागने लगा। सिद्धार्थ ने उसे थामा और गले लगा लिया। दिल फट गया और पश्चाताप लावा आँखों से फूट पड़ा। दर्द से कराह भी नही सकता था। देविका को अपने ज़ख्म दिखाना नही चाहता था। घुटी हुई आवाज मे कहा। मुझे माफ कर दो कार्तिक! मेरा हाथ उठ गया! रोना रुँध कर रुक-रुक कर सिसकियों मे निकलने लगा।

उफ इतनी पीड़ा! क्या ये मेरा बच्चा नही? इसे मुझसे क्यों छीना? क्या एक माँ का प्रेम ही प्रेम है पिता का प्रेम कुछ नही? क्या मुझे इससे प्रेम करने का कोई अधिकार

१७८

नही? क्या मै दुख से परे हूँ? क्या मुझे चोट नही लगती? क्या मेरी भावनाओं का कोई महत्व नही? क्या मैं इंसान नही? सिद्दार्थ की हर सिसकी से सवाल उठने लगे।

तभी बगीचे की तरफ के दरवाज़े के खुलने की आवाज आई। सिद्धार्थ कार्तिक से छिटक कर दूर हो गया। अलमारी की तरफ मुड़ा और उसका दरवाजा खोलने लगा मानो वह कपड़े बदलने जा रहा हो। वह नही चाहता था कि देविका को अहसास हो कि वह कार्तिक से कितना प्यार करता था। अगर उसे सिद्धार्थ की कमजोरी का पता चला तो उसका फायदा उठाने की कोशिश भी कर सकती थी। उसे अब देविका पर इतना भरोसा न था कि वह अपनी संवेदनाएं उसके सामने प्रकट कर सके।

देविका बगीचे से अंदर आयी। अपने कमरे की तरफ जाने लगी तो सिद्धार्थ के कमरे से सामने से निकली। देखा कि सिद्धार्थ कपड़े बदल रहा था। कार्तिक पीछे पलंग के सहारे खड़ा था। अपने पिता को उत्सुकता से देख रहा था मानो कह रहा हो, पापा मै यहाँ हूँ! गोदी! बाहर चलें? पर उसका पिता, अपने मे व्यस्त, भावहीन, प्रेमहीन। देविका ने सोचा कि कार्तिक को उठाकर ले जाए पर अंदर जाने कि हिम्मत न पड़ी। पता नही क्या हिचकिचाहट थी। मानो दरवाज़े पर एक अग्निरेखा खिंची थी जिसको लाँघना वर्जित था।

अमित सिगरेट लगा यार। सिद्दार्थ और अमित दोनो अफसर मेस की बार से बाहर निकले।

सर मैने छोड़ दी।

क्या!! तूने छोड़ दी दगाबाज़!! तूने ही मुझे सिखाई थी!! याद है?

सर ये धुँआ उड़ता नही कपड़ों से चिपक जाता है। अमित बोला। बीवी-बच्चों पर बुरा असर पड़ता है।

पत्नी के दबाव मे मत आओ पार्थ! सिद्धार्थ ने अपनी पैकेट से सिगरेट निकाल होंठों के किनारे रखी। और जलाने के लिए लाइटर निकाला।

नही सर! वे बेचारे तो कुछ बोलते भी नही।

सारा मूड खराब कर दिया। उसने सोचा। सिगरेट मुंह से निकाली और बनावटी प्यार से बोला।

चल चलते हैं।

हाँ मैं चलता हूँ सर। देर हो रही है। सोनिका भी इंतज़ार कर रही होगी।

अबे तू तो बिलकुल जोरू का गुलाम हो गया।

हह! अमित हँसा और आगे बढ़ता रहा और अपनी कार के पास जाकर मुड़ा और हाथ उठाकर कहा, गुडनाईट सर!

कार स्टार्ट हुई, लाईट जली, रिवर्स हुई, और अपने रस्ते चली गई। सिद्धार्थ पीछे खड़ा देखता रहा। जैसे वो पीछे छूट गया हो। सिगरेट दोबारा होंठ पर रखा औप लाइटर निकाला।

लाइटर जलते ही सिद्धार्थ के दिमाग मे बिजली कौंध गयी।

उसने तो ऐसा देविका और कार्तिक के बारे मे नही सोचा। क्यों?

धुलने के लिये कपड़े हैं? देविका ने सिद्दार्थ के कमरे के बाहर ही से पूछा।

मै कपड़े धोबी को दे देता हूँ।

सवाल और जवाब दोनो साधारण थे। साधारण लहजे से पूछे गये थे। जैसे भीड़-भाड़ मे एक अनजान दूसरे अनजान से कहता है 'एक्सक्यूज़ मी' और दूसरा बिना उसे देखे उसे जाने की जगह दे देता है। मगर सवाल और जवाब दोनो साधारण बनाए गए थे। ये देविका की तरफ से सोची समझी पहल थी और सिद्दार्थ की तरफ से एक नपी तुली प्रतिक्रिया। दोनो को डर था कहीं कोई ऐसी बात न निकल जाए जिससे दूसरे को बुरा लगे, गलतफहमी हो और बात बढ़ जाए। मज़ाक मे भी नही। कई झगड़े मज़ाक से ही शुरू होते हैं।

कुछ सोच कर देविका ने थोड़ी और हिम्मत जुटाई।

आज डिनर करोगे? सवाल के पीछे कुछ दूसरे सवाल छुपे थे। क्या आज भी अनदेखा करोगे, दुख दोगे।

चुप।

उधर से कोई जवाब न आया। सिर्फ कश्मकश की कंपकंपाती तपिश महसूस हुई। सिद्दार्थ सोच रहा था, सवाल मे छुपे जो सवाल थे, जवाब मे छुपे जो सवाल थे, वो समझ रहा था। देविका के पीछे कमरे मे कार्तिक अपनी

किलकारियों मे मस्त अजीब-अजीब आवाज़ें निकाल रहा था। उस मासूम को क्या मालूम कि यहाँ उसके भविष्य का फैसला हो रहा था। सिद्दार्थ कार्तिक को देखता रहा। कुछ देर बाद गले से खसखसाती आवाज़ निकली।

हाँ।

उत्तर से पूरा घर गूँज उठा।

सिद्दार्थ पी.टी के लिए निकलने वाला था।

तभी देविका ने डाईनिंग टेबल पर कप लाकर रखा, चाय!

सिद्दार्थ ने अपनी घड़ी देखी। अगर चाय के लिए रुका तो देर हो जाएगी। फिर देविका की तरफ देखा। उसकी आँखों मे फिर वही। आग्रह... और चेतावनी।

अपनी बेचैनी छुपाए वो चुपचाप बैठकर चाय पीने लगा।

सिद्दार्थ समय से पहुँचा। आज उसे पता चला कि वह समय से काफी पहले पी.टी के लिए पहुँच जाता था। जहाँ कुछ लोग समय का सही आकलन न कर पाने की वजह से हर जगह देर से पहुँचते हैं, वहीं वह उन लोगों मे से था जो समय का सही आकलन न कर पाने की वजह से हमेशा समय से कुछ ज्यादा ही पहले पहुँच जाया करते हैं। समय था। वह बेवजह बदहवास भाग रहा था।

ऑफिस जाते समय नाश्ता तैयार मिला।

आज अपने कार्यालय पहुँचने पर सिद्दार्थ ने सर्वप्रथम अपने काम का मोटा आकलन किया। पाया कि हर काम उसी दिन करना आवश्यक न था। काम को समय से निपटाने मे और काम को आज ही निपटाने मे फ़र्क़ था।

कार्य को पहले प्राथमिकता के अनुसार छाँटना होगा और फिर उसी प्राथमिकता के अनुसार निपटाना होगा। यह किया तो पाया कि आने वाले दिनों मे भी बाकी काम किए जा सकते थे। समय था। मानो सिर पर रखा कोई बोझ उतर गया हो।

सिद्दार्थ सोचता था कि आज सारा काम कर लूंगा तो कल चैन से बैठूंगा। लेकिन अगले दिन और काम आ जाता। ऐसे मे लगातार तनाव बना रहता। और तनाव से नकारात्मकता जन्म लेती है जो कि अवसाद का पहला चरण है। किसी न किसी रूप मे उसका तनाव उसके व्यव्हार मे प्रतिबिंबित होता था उसके जिसका उसे अनुमान ही न था। आज जब काम के प्रति उसका दृष्टिकोण बदला तो मन हल्का हो गया। मन की नकारात्मक कठोरता धीरे-धीरे निर्मल हो गयी। अब उसे समझ मे आ रहा था कि उसे अपने कार्य प्रणाली मे संतुलन बनाना ही होगा। किसी भी दायित्व का निर्वहन स्वास्थ्य पर निर्भर है। इसलिए कोई भी दायित्व स्वास्थ्य से ज्यादा महत्वपूर्ण नही। सामान्य काम करने वाले दैनिक तौर पर अपना काम निपटा सकते हैं लेकिन ज़िम्मेदारी के पद पर जहाँ व्यस्तता और जटिलता बनी रहती है वहाँ पर काम को प्राथमिकता के अनुसार सोच-समझ कर ही पूरा करना पड़ेगा।

सबको इतनी जल्दी क्यों है। इतने माध्यम बढ़ गये, तकनीक बढ़ गयी पर काम कम न हुआ। सोचा कंप्यूटर आ जाएगा तो कागज़-पत्र सब बंद। कागज़-पत्र तो बंद न हुए उल्टे कंप्यूटर के काम और बढ़ गये। मोबाईल आया तो घर भी दफ्तर बन गया। संचार बढ़ा तो काम की गति

भी बढ़ गयी। इधर काम बढ़ता गया और उधर काम करने का समय कम हो गया। साधन तो बढ़े पर बोझ कम न हुआ। अब सब को हर चीज़ अभी चाहिये। सुना है एक समय था जब लोगों को खाली बैठे बोरियत हो जाती थी। फिर लोग समय बिताने के लिये अंताक्षरी खेला करते थे या फिर सैर सपाटे पर निकल जाया करते थे। हैं! ऐसा भी समय था! सिद्दार्थ सोचते-सोचते मुस्कुराने लगा।

कल सुबह सबसे पहले पूरे काम को अच्छी तरह छांटता हूँ। सी.ओ के लिए सबसे ज़रूरी काम क्या है। पहले उसको शांत करो। फिर बाकी काम की प्राथमिकता क्या है कौन सा काम अभी करना है कौन सा बाद मे। कौन से काम छोटे-मोटे हैं कौन से काम मे समय लगेगा। कौन से काम जूनियर्स भी कर सकते है। हम्म यही ठीक रहेगा।

घर के लिए निकलते समय अचानक सी.ओ सिद्दार्थ के दफ्तर मे आ गये।

आज शाम को हम लोग मिल रहे हैं न?   रोबदार आवाज़ मे सी.ओ ने पूछा।

येस सर... लेकिन सर, देविका नही आ पायेगी।

अरे क्यों?

सर क्योंकि कार्तिक छोटा है और पार्टी मे आने से वह और चिढ़चिढ़ा हो जाता है।

ओ येस! वो तो बहुत छोटा है, देविका को भी परेशानी होती होगी। फाइन, फाइन।

आँखो से आज एक और पट्टी उतर गई। बेवजह वो 'दूसरे क्या सोचेंगे' को लेकर इतना परेशान था। यह तो

अति महत्व पाने के लिए उसके अहं द्वारा रचा गया एक और प्रपंच था। लोग तो अपने आप मे व्यस्त थे!

सिद्धार्थ दो बजे ऑफिस से निकल गया। बहुत दिनों के बाद अपनी मोटरसाइकिल से घर जा रहा था। दोपहर आलस से ऊँघ रही थी। गर्म हवा मे वृक्ष निद्रामय झूम रहे थे। मन पुलकित था। धूप छाँव से गुज़रते चेहरे पर पड़ती गुनगुनी हवा मे जीवन जीवंत था।

शाम को सिद्धार्थ घर पर ही था। प्यास लगी तो रसोई मे गया। बिना लाइट जलाए गिलास ढूँढने लगा पर नही मिला। लाइट जलाई। पर गिलास वहाँ नही था जहाँ आम तौर पर रखा रहता था। इधर-उधर ढूँढने लगा तो दूसरे ताक पर रखा मिला। पानी लेकर वहीं पीने लगा तो नज़र चारों ओर गयी। रसोई का पूरा नज़ारा बदला हुआ था। साफ सुथरा सुव्यवस्थित। उसने धीरे से एक अलमारी खोली कि कहीं देविका सुन न ले और सोचे कि वह उसकी जाँच कर रहा है। हर सामान तरतीबवार। धीरे से अलमारी बंद की, रसोई की लाइट बंद की और अपने कमरे मे लौट गया।

अचानक नींद खुली। दरवाजा खटखटाने कि आवाज़ आ रही थी। घड़ी देखी। अभी तो दो बजे हैं!

दरवाज़े पर देविका खड़ी थी। कार्तिक को हॉस्पिटल ले जाना पड़ेगा।

सिद्धार्थ ने कार्तिक के सिर पर हाथ फेरा। बुखार काफी तेज़ था।

कब से?

परसों से।

दो दिन! तुमने मुझे बताया क्यों नही ?

देविका चुप रही।

सिद्धार्थ को ध्यान आया कि दो दिन से घर बहुत सूना था। ओह! कार्तिक के किलकारियों की आवाज़ नही आ रही थी।

गाड़ी की रोशनी अंधेरे को तलवार सी भेदती आगे बढ़ रही थी। देविका का चेहरा सूखा, होंठ फटे हुए और आँखे कहीं शून्य मे कहीं खोई हुई थीं। उसकी गोद मे कार्तिक बुखार से बेहोश पड़ा था। आँखे आधी बंद। सिर एक तरफ थोड़ा झुका हुआ, पसीने से भीगा। हवा से बिखरते घुँघराले बाल। सूखे होंठ। उसके मासूम चेहरे पर बुखार के निर्मम प्रहार का कष्ट साफ झलक रहा था। सिद्दार्थ का हृदय कराह उठा। मेरी कड़वाहट का असर इस मासूम पर पड़ रहा है। मै अपने अहं की काली छाया कार्तिक पर नही पड़ने दूंगा। आँसुओ के बूँद पलकों पर आकर बैठने को हुए।

आगे से मुझे और पहले बता देना।

सिद्धार्थ के आवाज़ की लड़खड़ाहट को देविका ने भाँप लिया। चुप रही। कुछ न कहा।

बुखार तो है पर जाँच की रिपोर्ट ठीक हैं। कुछ और जाँच लिखे हैं, वे कल करा करवा लीजिए।

तो क्या डाक्टर साहब एडमिट कराने की ज़रूरत नही?

नही नही कोई गंभीर बात नही। आप इसको घर ले जा सकते हैं। अभी तीन दिन की दवाइयाँ लिख दे रहा हूँ।

बाकी रिपोर्ट भिजवा दीजिएगा, फिर आगे क्या करना है, देखते हैं।

ओ.के थैंक यू डॉक्टर साहब!

कुछ दिनो मे जब कार्तिक स्वस्थ हो गया तो अपने क्षीण दिनों की पूरी कसर निकालने लगा। सुबह से शाम तक पूरे घर मे उसकी चिल्ला-मिल्ली गूँजती रहती। अब कार्तिक की खिलखिलाहट मे एक अलग ही स्वतंत्रता थी, मानो किसी शारीरिक ही नही बल्कि मानसिक व्याधि से निवृत हुआ हो। शायद बच्चों और पशु-पक्षियों को सबसे पहले ऋतु परिवर्तन का आभास हो जाता है। अपने आप से इतना जुड़े जो रहते हैं। पूरे घर मे भाग-भाग कर उसने देविका का दम निकाल दिया। घर मे अक्सर कुछ न कुछ गिरता-टूटता रहता। बीच-बीच मे देविका के चीखने की आवाज़ आती - कआआआर्तीक नहीईईईई !!! कार्तिक की खोने की घटना के बाद राकेश तो और भी आतंकित रहता। मजाल है की वह कार्तिक को अपनी नज़र से कही दूर जाने दे। शाम को सिद्दार्थ को कार्तिक हैण्डओवर कर के ही घर जाता। लेकिन इस दौड़-भाग, चिल्ला-मिल्ली मे भी एक प्रमोद था।

तुमने आज चिकन नही बनाया?
देविका खाने परोसते परोसते मुस्कुरा दी।

अरे अंडे भी नही हैं! सिद्दार्थ ने भगोने का ढक्कन उठाते हुए थोड़ा सा मुस्कुराया। मैने तो पहले ही कहा कि तुम्हे जो खाना है खाओ।

थोड़ा घर का सामान लाने जाना पड़ेगा। देविका बोली।

कौन सा सामान?

घर का... महीने का सामान।

ठीक है ले आउँगा।

कुछ सामान आप नही ला पाएँगे। मैं चलूँगी। मैंने लिस्ट बनाई है। आप बस दोपहर को समय से आ जाइएगा।

हुकुम! सिद्धार्थ के अंदर का सैनिक जाग उठा।

देविका घरेलू सामान खरीद रही थी और सिद्धार्थ उसके पीछे-पीछे एक हाथ मे कार्तिक और एक हाथ मे ट्राली लिए घूम रहा था। सिद्दार्थ ने पहली बार कार्तिक को इतनी देर तक गोद मे लिया था। नीचे उतारा तो वह भाग खड़ा हुआ और अलग अलग जगह से अपने लिए सामान उठा लाया। फिर एक बेबी कैरियर खरीदकर सिद्दार्थ ने पिठ्ठू की तरह उसे अपनी छाती से बाँध लिया। इतनी भीड़-भाड़, हड़बड़ाहट, दौड़-भाग खर्च और उलझन मे भी मन मुक्त था, क्रोध रहित था, रोष रहित था। सामान खरीदते समय बीच-बीच मे देविका सिद्दार्थ की सलाह ले लेती मगर आखिरकार नज़रअंदाज कर देती। सिद्दार्थ पीछे खड़े-खड़े मुस्कुराता रहता।   लेकिन देविका बड़े सोच-समझकर एक-एक सामान खरीद रही थी। पूरा दिन लगाकर सामान की लिस्ट जो बनाई था। सिद्दार्थ को पहले और अभी मे अंतर साफ नज़र आ रहा था। वह हर सामान अपने लिए नही बल्कि घर के लिए खरीद रही थी और लिस्ट के अनुसार ही ले रही थी। धीरे-धीरे मासूमियत खिल कर गरिमा हो

रही थी। सिद्धार्थ उसे निहार रहा था। देविका जान रही थी।

प्यासी, टूटी धरती पर वर्षा की पहली फुहारें पड़ी। उसका रोम रोम कृतज्ञ हो उठा। दरारों और पोरों से अंतर्लीन होते जल से धरती की शुष्क आत्मा तरल होने लगी। गहराईयो मे मृत पड़े बीजों मे जीवन स्पंदित हो उठा। महीनो से जमी गर्मी भाप बनकर उड़ने लगी, मानो धरती का ज्वर टूट रहा हो। पूरी सृष्टि ने ठंडी साँस ली। देविका और सिद्दार्थ भी महीनों के तनाव के बाद राहत महसूस कर रहे थे। और कुछ भी न चाहिए था। इस दौर मे और किसी का साथ न हुआ। इस सुलगते अकेलेपन मे जो जुदा हुए, असल मे वही हमराही रहे। दोनो ने एक ही दर्द सहा। दोनो एक दूसरे का दर्द जानते थे। दर्द को अर्थ ज़रूरी था। हमराही होने के लिए पहले हमदर्द होना ज़रूरी था।

जहाँ परस्पर हित होते हैं वहाँ समझ, सद्भाव, समन्वय और संतुलन अपने आप आ जाते है। यहाँ वह परस्पर हित कार्तिक मे समाहित था। गृहस्थी की गाड़ी लड़खड़ाते ही सही धीरे-धीरे आगे बढ़ने लगी। समझ मे आने लगा था कि साथ चलेंगे तभी बढ़ेंगे। अगर एक दूसरे के विपरीत चलेंगे तो गाड़ी आगे न बढ़ पाएगी। पहुँच न पाएंगे। जैसे कार्तिक सृष्टि द्वारा दिया गया कोई दायित्व हो जिसे समयपथ के किसी पड़ाव तक पहुँचाना हो। भावनाओं से चलना था भावुकता से नही। अततः गृहस्थी के पौधे मे नवप्रेम का नवसंचार हुआ जिसमे आत्मतुष्टि की उग्रता नही बल्कि समझ की स्थिरता और शीतलता थी।

जब स्त्री को घर अपना लगने लगता है तो वह घर के अंदर की सारी सीमाएं तोड़ देती है। देविका सिद्दार्थ के कमरे की अग्निरेखा कबके लाँघ चुकी थी। उसने उसके कमरे और पूरे घर पर हक जमाकर सारा समान अपने अनुसार लगा दिया और पहरेदारनी बन बैठी। अब वह ही बाकी दोनो के लिए सब कुछ करती थी। स्त्री स्पर्श से मकान दोबारा जीवित होकर घर होने लगा। और सिद्दार्थ-वह तो कबके अपने हथियार डाल कर अहं समर्पण की मुक्ति का आनंद ले रहा था।

सुनो मै कल से एक महीने के लिए रोड ओपेनिंग ड्यूटी के लिए जा रहा हूँ। तुम्हे मैं लखनऊ छोड़ देता हूँ। तुम और कार्तिक ...

यहाँ क्यों नही? क्या समस्या है?

हाँलांकि सिद्दार्थ ये सुन कर मन ही मन प्रसन्न हुआ फिर भी बाहर जाते समय वह देविका और कार्तिक को लेकर आश्वस्त रहना चाहता था। देविका के हाथ पर हाथ रख कर उसने कहा। तुम अकेले कैसे रहोगी। मै छोड़ कर आउंगा तुम्हे। वहाँ कम से कम...

मै यहीं रहना चाहती हूँ। तुम फोन तो करोगे ना?

१८

सड़क के एक तरफ पर्वत थे और दूसरी तरफ घाटी। पर्वतों पर ऊँचे-ऊँचे देवदार देवताओं के समान खड़े अपने अनगिनत हाथ फैलाये सूर्य का अभिवादन कर रहे थे। घाटी मे नदी की कल कल करती धारा प्रभात किरणों से अलौकिक कांति मे दमक रही थी। सड़क के किनारे रंग-बिरंगे छोटे-बड़े फूल ओस मे नहाए खिलखिला रहे थे। दूर घाटी के उस पार वन मे कहीं कोयल कूक रही थी। सड़क मानो स्वर्ग से निकल रही थी।

अब तक रोड ओपेनिंग की प्रक्रिया से सभी जवान परिचित हो चुके थे। काम तरतीबवार जारी था। टुकड़ी सड़क के दोनो तरफ जांच करते हुए धीरे-धीरे आगे बढ़ रही थी। अब सिद्दार्थ को हर कार्यवाही जांचने की ज़रूरत न थी। अपनी जीप मे बैठकर कार्यवाही पर नज़र रखते हुए वह पर्वतों और घाटियों की शीतल सौंदर्य का आनंद भी ले सकता था। तभी उसकी नज़र विस्फोटक का सुराग लगाने वाले कुत्ते पर पड़ी। पिछले दिनों के मुकाबले आज वह थोड़ा बेचैन लग रहा था। फिर वह सड़क के एक कच्चे हिस्से के पास वह काफी देर तक घूमता रहा। अब डॉग मास्टर भी थोड़ा सतर्क हो गया। फिर कुत्ता उस कच्चे हिस्से से थोड़ा दूर बैठ कर भौंकने लगा। सबसे आगे चलते सैनिक ठिठके

फिर अचानक रुक गए। पीछे मुड़ के सिद्धार्थ की तरफ देखा। सिद्दार्थ ने उनकी तरफ देखा।

चुप।

'पोजीशSSSSन!!' चिल्लाते ही सारे सैनिक अपनी अपनी जगह पर दौड़े। सिद्धार्थ ने रेडियो पर काल किया।

सियरा फॉर माइक...

तड़ तड़ तड़ तड़ाक...तड़ तड़ ... भड़ाम!!

गोलियों की कड़कड़ाहट से घाटी काँप उठी।

देविका के फोन पर पाँच-छह मिस्ड काल आ चुके थे। अनजाने नंबर वह अक्सर नही उठाती थी। पर बार बार कॉल आता रहा तो आखिरकार उसने फोन उठा ही लिया।

हलो! इज़ देट देविका??? दूसरी तरफ से आवाज़ आयी।

येस!

हलो देविका! दिस इज कर्नल नटराजन हियर!

ओह हलो कर्नल नटराजन।

कैसी हो देविका?

मैं बिलकुल ठीक हूँ कर्नल नटराजन।

और कार्तिक कैसा है? सिद्धार्थ है नही, होप कि तुम्हे कोई प्रॉब्लम तो नही?

नो कर्नल नटराजन! नो प्रॉब्लम एट ऑल!

कर्नल नटराजन इसी बीच अपना गला साफ करने लगे। देविका असल मे आज सुबह अहहं... बारामुला मे सिद्धार्थ ने बहुत ही बड़े काम को अंजाम दिया अहहं...

देविका के रौंगटे खड़े हो गये।

... न केवल उसकी कंपनी ने आतंकवादियों की लगाई हुई आई.ई.डी को नाकाम किया बल्कि दो आतंकवादी भी मार गिराए। उसकी वजह से पीछे कॉन्वाय मे आने वाले कितने ही सैनिकों की जान भी बची ...

देविका को लग रहा था मानो कर्नल नटराजन ने उसका गला घोंट रहे हैं। चाहते हुए भी उसकी आवाज़ नही निकल रही थी। गले से एक घुटती हुयी चीख निकली-सिद्धार्थ कहाँ है?

ओह देविका! अहहं... असल मे सिद्धार्थ को ग्रेनेड ब्लासट मे कुछ चोटें लगी है। उसको हलीकॉप्टर से वहाँ से निकाल लिया गया है .... वह मिलिट्री हास्पिटल मे किसी भी वक्त पहुंचने वाला है... वो स्टेबल है अहहं...मैं तुम्हारे लिए गाड़ी भिजवाता हूँ ।

देविका कुछ न बोली। टी.वी चलाया। समाचार चैनल लगाया। बारामुला हाईवे पर आईडी ब्लासट। दो आतंकी मारे गए। एक जवान, एक अफसर घायल।

ये समाचार तो उसने पहले भी टी.वी पर देखे थे। ये तो खबरें थी! इनसे उसका तो कोई संबंध न था। उसे क्या फ़र्क़ पड़ता था? उससे क्या मतलब था?

कार्तिक! कार्तिक!

कार्तिक हमेशा की तरह पापा के कमरे मे खेल रहा था। अभी थोड़ी देर पहले वह पापा की किताबों से खेल रहा था। अभी देखा तो वह फापा की फोटो से बातें कर रहा था। देविका सिद्दार्थ के कमरे मे आयी। पहली बार उसे इस कमरे से सिद्दार्थ की महक आ रही थी। वह बिस्तर पर बैठ गयी। आज तक उसे कभी अहसास नही हुआ कि

भारत जिस आतंकवाद से ग्रस्त है वो भी उसी भारत का हिस्सा है। कहाँ जम्मू-कशमीर कहाँ यह जगह! यह सब उसके घर कब पहुँच गया?

घंटी बजी।

मेम साब गाड़ी।

बुद्दि सुन्न हो चुकी थी। कहीं से एक शॉल निकाल कर ओढ़ा, कार्तिक को उठाया और जाकर गाड़ी मे जाकर बैठ गई। गाड़ी अस्पताल चल पड़ी। रस्ता गुज़र रहा था पर समय ठहर गया था। सिद्दार्थ के साथ और बग़ैर बिताया हर पल मानो इस पल पर सुनामी की तरह आकर गिर रहा था। किसी के होने का अहसास उसके न होने से ही होता है। उफ्फ बेकार के कलह-क्लेश मे कितना वक्त खोया!

गाड़ी सैनिक अस्पताल पहुँची। बाहर बटालियन के अफसर और जवान और उनके कई परिवार तांता लगा कर खड़े थे। गाड़ी से उतरते ही सभी देविका को देखने लगे थे। देविका ने उन्हे पलक भर देखा फिर दोबारा देखने की हिम्मत न पड़ी। कार्तिक का हाथ पकड़ देविका वार्ड की तरफ बढ़ी। मन मे भय का काला भँवर उठ रहा था। उसने अपने हाथ इतने ज़ोर से भींचे कि कार्तिक कराह उठा। होश आया। किसी तरह अपने डर को थाम देविका वार्ड की तरफ बढ़ी। कदम ऐसे उठ रहे थे मानो पत्थर पहन रखे हों। ओह अभी तो कुछ संभले थे और अब यह विपदा!

वार्ड के अंदर घुसी तो एक बिस्तर के चारो तरफ अफसर सिर झुकाए खड़े थे। पहले एक पीछे मुड़ा फिर

बाकी सभी पीछे मुड़े। फिर किनारे हट गए। पीछे बिस्तर पर सिद्दार्थ बैठा था। देविका को देखा तो उसके चेहरे पर हल्की सी मुस्कुराहट आ गयी। छाती और पैरों पर पट्टियाँ बँधीं थी लेकिन उसके चेहरे एक अलौकिक दिव्य निर्मलता झलक रही थी। देविका की पलकों पर रुके बूँद छलक गये। सिद्दार्थ कार्तिक को गोद लेने के लिए उठने लगा पर बाकी सबने रोक लिया। सभी ने देविका को ढ़ाढस बंधाया और फिर दोनो को अकेला छोड़ दिया।

तुम डरी तो नही?

देविका ने 'न' मे सिर हिलाया, फिर झुका लिया और आंसू पोंछने लगी।

मैं ठीक हूँ।

देविका ने हाँ मे सिर हिलाया।

हम दोनो बच गए।

देविका ने प्रश्नात्मक आँखों से सिद्दार्थ को देखा। दोनो?

हाँ मैं और मेरा ड्राईवर। मिलिटेंट्स ने हमारी गाड़ी पर फायर खोल दिया था। भगवान का बड़ी कृपा है वह बच गया।

देविका अभी भी सदमे मे थी। कुछ कह न सकी। लेकिन उसे कुछ याद आ रहा था, कुछ समझ आ रहा था। उसे राष्ट्रीय युद्द स्मारक में सिद्दार्थ के गर्व का अर्थ समझ मे आ रहा था। आज से पहले आतंक उसके घर की चौखट के बाहर था। वह उसका मसला नही था। पर आज वही आतंक उसके घर के भीतर घुस आया था। देश के हालात केवल समाचार मात्र नही उसके भी हालात थे। देश के दुशमन उसके भी दुशमन थे। सिद्दार्थ देश के दुशमनों

से लड़ रहा था। उसका पूरा परिवार लड़ रहा था। वह भी इस लड़ाई का हिस्सा थी। कितने ऐसे सैनिक होंगे जो जीवित अपने घर नही लौटे। कितनी चोट खाई होगी! कितना दर्द हुआ होगा! उनके भी परिवार उसकी तरह ही अस्पताल आए होंगे। लेकिन वे उसकी तरह वे भाग्यशाली न थे। उन पर क्या बीती होगी! घंघोर घाटियों मे, जंगलों मे, झाड़ियों मे, किसी अदृश्य शैतान से लड़ते ये सैनिक। किसके लिए? हमारे लिए! देश के लिए! क्या वे न लड़ते तो हमारा जीवन, हमारा अस्तित्व, हमारी पहचान बनी रह सकती थी? क्या हम हम रह सकते थे? नही! वो बाग मे निश्चिंत दादी के साथ बैठना, अनाशंकित स्कूल कॉलेज जाना, वो बेफिक्र नींद, वो बेपरवाह दिन, वो लापरवाह दिनचर्या अपने आप से नही थे। उनका कारण थी सुरक्षा। और उस सुरक्षा को स्थापित करने के अनगिनत भारतीय सैनिक दिन प्रतिदिन जूझते है, लड़ते हैं, मरते है। क्या ये बलिदान नही? क्या ये मृत्यु प्रतिदिन हमारे जीवन मे ज्योती बन नही जलती? क्या यह ज्योति अमर नही? क्या ये अमर जवान ज्योति नही?

सिद्दार्थ बिस्तर पर बैठा कार्तिक से बातें कर रहा था। देविका सिद्दार्थ के शरीर पर बँधी पट्टियों और उसके चेहरे पर चमक रहे संतोष के विरोधाभास की समीक्षा कर रही थी। अनायास ही वार्ड की खिड़की के बाहर नज़र गयी। पेड़ों के उस पार दूर किसी ऊँचे स्तंभ पर तिरंगा फहरा रहा था। लहराता-जीवित-जागृत। नज़रें ठहर गयीं। पहली बार

उसने राष्ट्रध्वज ध्यान से देखा। फिर सिद्धार्थ को देखा। मन से उद्गार फूट पड़ा, वह तुम हो सिद्दार्थ! गर्व से देविका की आँखे भर आयीं।

कुछ अंश

मानो नही जानो। जितनी जल्दी जानोगे उतनी जल्दी ये प्यार का भूत उतर जायेगा। जिस प्रकार नौकरी या रोज़गार मिलना आदमी के जीवन का सबसे महत्वपूर्ण पड़ाव है और उसके जीवन का साधन है, सम्मान है, उसी प्रकार भारत मे स्त्री के लिए शादी उसके जीवन का साधन है, सम्मान है। शादी औरत का रोज़गार है।

क्यों बुरा लगा सुनकर? लेकिन वक्त भले ही बदल गया हो, सोच नही बदली। आज भी गरीब और मध्यम वर्गीय परिवारों की सच्चाई यही है। इसलिए जब एक लड़का बड़ा होता है तो समाज सबसे पहले उससे उसका रोज़गार पूछते हैं और जब एक लड़की बड़ी होती है तो उससे उसका रिशता। और माँ बाप लड़के के लिए जल्दी से जल्दी नौकरी चाहते है और लड़की के लिए शादी। देखा है कि नही?

और समाज तो यही चाहता है! काबू मे रखना। स्वतंत्र भाव रखने वाले उसे पसंद नही। उन्हे चाहिए ऐसे इंसान जो भेड़-बकरी हों। जो झुंड मे चलते हों जो झुंड मे जीते हों। समाज पराधीनता का प्रपंच है। इसलिए यह शादी का भ्रम बनाया है। जैसे जानवरों को खाने का लालच और मार

का भय दिखाकर कर फँसाया जाता है वैसे ही इंसान को प्यार का लालच और अकेलेपन का भय देकर शादी मे फँसाया जाता है।

लेखक परिचय

सौरभ चटर्जी का जन्म सन् 1976 मे लखनऊ मे हुआ। वाटर वार्स(जल युद्द) पर उनके निबंध को यूनाईटेड सर्विसेज़ इन्सटिट्यूशन ऑफ इंडिया जर्नल द्वारा सन् 2019 मे दितीय पुरुस्कार मिला। उनकी अंग्रेज़ी लघुकथा 'फ्लाइट' कन्टेम्पररी लिटेररी रिव्यू इंडिया मे सन् 2022 प्रकाशित हुई। हिंदी उनके मन का स्वर है।

www.ingramcontent.com/pod-product-compliance
Lightning Source LLC
Chambersburg PA
CBHW042059150726
48005CB00032B/1176

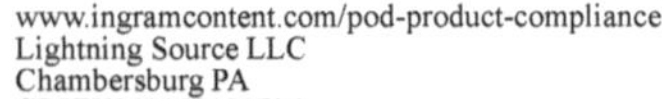